W0407832

ÂGE D'ORAGE

DE LA MÊME AUTRICE

Mes nuits sauvages, Jouvence, 2022

Sylvie PÉRENNE

ÂGE D'ORAGE

CALMANN LÉVY
territoires

© Calmann-Lévy, 2024

Couverture
Maquette et illustration : François-Xavier Pavion

ISBN 978-2-7021-9057-9

Souffler. Ne pas paniquer. Souffler.

Une vague de douleur la submerge, déchire son bas-ventre, irradie jusqu'au bout de ses ongles. Une douleur absolue, à vous couper le souffle, à vous donner envie de mourir.

Ne pas paniquer. Souffler. Ne pas paniquer.

Les infirmières, pourtant, ont refusé de lui donner d'autres médicaments. Roulée en boule dans les draps rêches de l'hôpital, sur le fin matelas recouvert de plastique qui craque au moindre de ses mouvements, elle s'accroche. La douleur s'épuise et la relâche sans transition dans un espace en flottement, un espace sans couleur entre les mondes, où le temps n'a plus cours. Elle s'y perd tout entière jusqu'à ce que les griffes se plantent à nouveau dans le bas de son ventre, lui signifiant qu'elle n'est pas morte. Pas encore.

Ne pas paniquer. Souffler. Ne pas paniquer.

Puis tout recommence, depuis des siècles peut-être. Il n'y a jamais eu que ça. Elle est sortie du temps. Flottement. Douleur. Flottement. Douleur.

Ne pas paniquer. Souffler. Ne pas paniquer.

Elle est seule. Seule pour traverser ce moment crucial, noir et pitoyable, qui la marque au fer rouge. Comme elle a été seule face à ce choix monstrueux et, néanmoins, nécessaire qu'elle a fait en vacillant quelques jours auparavant.

Rien dans ce qui est en train de se passer n'est glorieux. Ce qu'elle vit est minable, insignifiant même, à force de misère. *Au moins, je n'aurai pas à supporter le regard de quelqu'un d'autre sur ma honte*, a-t-elle pensé en arrivant le matin. Personne ne sera témoin de ce qui ne peut être. Pour le monde extérieur, celui dans lequel les arbres sont verts et les oiseaux chantent, celui dans lequel vivent tous les autres, rien de tout ça n'existe. Pour elle, c'est le monde extérieur qui a cessé d'être. Quand elle y retournera, tout à l'heure, c'est elle qui sera autre. Morte, peut-être. Pour l'instant : tenir. Ça passera. Tout passe.

Son ventre palpitant est devenu le monde.

Perdue dans le flottement qui la délivre du temps, elle pense à sa mère. Ce n'est pas une pensée en mots, non, sa conscience en serait incapable. C'est plus une impression chaleureuse qui lui dit qu'une mère aurait été la seule présence acceptable à ses côtés en cet instant d'où l'espoir a fui. La seule qui aurait pu se couler dans son dos et la tenir contre elle. Sans rien dire. Sans la juger. Juste être là.

À cette sensation de douceur succède un vide immense, béant, qui lui tord le cœur. Une larme s'échappe de sous ses paupières closes et, sans transition, la douleur laboure ses entrailles.

Ne pas paniquer. Souffler. Ne pas paniquer.

En elle, c'est la guerre. Une guerre impitoyable, déchirante, dont la bataille finale est en train de se livrer. Elle en est à la fois la victime et le bourreau : aujourd'hui, elle tue l'être qui lui est le plus cher au monde, renonçant même à leur première rencontre. Comment survivre à ça ?

Une vague plus intense que les autres l'emporte, puis la relâche avec un sentiment d'urgence. Elle se lève, pliée en deux sur son ventre en lambeaux et s'assied sur les toilettes. Une mer de sang s'échappe d'elle. Sonnée, elle se retourne. Elle veut voir.

Au milieu du rouge flotte un être miniature, de la taille d'une souris des champs. Il est beau, indiciblement beau. Tellement délicat dans chaque détail de son corps menu ! On aperçoit déjà ses côtes, ses dix doigts, ses yeux fermés. On sent qu'il vivait encore quelques secondes auparavant : son visage d'oisillon sourit. L'une de ses mains est posée sur son cœur, l'autre levée comme pour un « au revoir ».

Lutxia en a les larmes aux yeux. Dans ce si petit être, il n'y a pas une once de rage, de colère, de désespoir. Ou pire : de reproche ! Les pleurs brouillent cette image qui est tout ce qu'il lui reste. Dans un réflexe de panique, elle retourne vers le lit pour attraper son portable et capturer une image avant qu'il ne soit trop tard. Lorsqu'elle revient, au bout de quelques secondes, l'embryon a terni.

Vite, elle prend une photo et pleure tout son soûl en le voyant devenir gris au milieu de la mare rouge.

Au bout d'un long moment, elle revient à son matelas et s'allonge dans les craquements du plastique. Elle regarde le plafond, étonnée de la légèreté qu'elle ressent. Elle vient de traverser une apocalypse, un tunnel de sensations extrêmes qui la rejette maintenant de l'autre côté, dans le monde ordinaire.

En choisissant l'option médicamenteuse, elle a voulu être présente, faire face à l'horreur de la situation et éprouver dans sa chair ce qu'elle contenait de souffrance. Comme une sorte de punition censée lui permettre de continuer à vivre, après, en soulageant sa conscience qu'elle refuse pourtant de voir alourdie. Se sent-elle soulagée d'avoir subi la douleur ? Elle y repensera un autre jour, ou peut-être jamais. Ce serait bien aussi, jamais.

Pour l'instant, elle se contente de flotter, laissant à ses larmes le temps de tarir et à son corps celui d'apprivoiser son vide. Elle a l'impression d'être un nuage, une comète, une poussière d'étoile.

Elle dérive ainsi jusqu'à ce que la solitude de sa chambre d'hôpital l'envahisse, actionnant son bras qui se lève vers la sonnette et son index appuie sur le bouton. L'infirmière va venir.

C'est fini.

I

CORPS À CORPS

Pourquoi la rage,

ce désir de vivre,

ce feu, ce cri irrépressible,

s'habille-t-elle de désespoir

pour jaillir du noir

de nos entrailles ?

À peine remise, le sang presque tari, Lutxia descend l'escalier de béton qui mène à la lourde porte de métal au-dessus de laquelle est inscrit en lettres noires *Bienvenue en enfer*. Elle est de retour. Enfin. Elle en a besoin. Plus que jamais.

Sous la lumière crue des néons clignotants, elle traverse le couloir au carrelage ébréché, passe devant la pièce à l'odeur aigre de sueur dans laquelle des corps tatoués se dénudent et se rhabillent dans le brouhaha des voix graves. Elle entre dans la salle et va poser son sac dans la poussière, contre le mur. *Même lui est tatoué !* pense-t-elle en se redressant face au grand lion tagué.

Le coach raccroche l'un des sacs de cuir qui pendent aux potences de métal tandis que les gars débarquent au compte-gouttes dans la salle. Un ring est éclairé pleins phares, entre les piliers de soutènement de l'immeuble. Au plafond courent des conduites d'eau et de gaz bleues et jaunes. Dans cette salle de boxe, au sous-sol d'un bâtiment miteux de la banlieue strasbourgeoise, elle est un gars comme les autres.

Rapidement, elle plonge, s'immerge dans l'effort, au plus intense de ce que son corps palpitant peut supporter de tension. Le bas de son ventre a l'air de tenir. Ouf.

Dans ce bain de transpiration, elle n'entend plus que les basses au rythme sexuel de la musique et les râles de ses camarades. Ils démarrent toujours par de la muscu.

Une seule pensée habite son crâne, entêtante : ne pas lâcher. Trois minutes d'effort. Une minute de repos. Boire quelques gorgées. Et recommencer. Trois minutes d'effort. Une minute de repos. La sueur jaillit de son dos et coule le long de sa colonne. Il n'y a qu'à la boxe qu'on transpire si fort que les pores de la peau expulsent ainsi les gouttes. Sa brassière et son débardeur, déjà trempés, ne peuvent en absorber davantage. Elle s'essuie le visage avec des gestes virils, expérimentant sans trop en avoir conscience sa part masculine jusque dans sa posture. Elle devine que sa force réside aussi là, dans ce double d'elle-même que la société l'encourage à laisser de côté.

— Dans dix secondes, on reprend !

La voix du coach, la seule qu'entende son corps lorsque ses oreilles bourdonnent. Elle se prépare. Soulever. Soulever. Soulever, encore. Trois minutes. Ne pas lâcher. Soulever. Une minute de repos.

— C'est bon les gars, on met les gants !

En enroulant les bandes à ses fins poignets, elle regarde autour d'elle. Elle est fière de faire partie de cette équipe de gros bras, de *bad boys*, de vrais mecs. Tous, ils sont en nage. La peau de Jéjé fume même un peu sous la lumière crue des néons. *On dirait la fin du monde*, pense-t-elle. Une image qui s'accorde parfaitement avec son état intérieur. Sa place est parmi eux, et nulle part ailleurs.

Ici, son identité de bourgeoise du centre de Strasbourg qui habite encore chez ses parents se dissout pour laisser transparaître autre chose, une chose qu'elle sent vivre depuis longtemps dans le secret de ses tripes : elle aussi est un *bad boy*. Dans ses zones d'ombre brûle le désir de tout anéantir. De mordre jusqu'au sang et de marcher sur les cadavres. D'errer sans but dans des ruines fumantes, le corps couvert de tatouages dérangeants et le visage caché dans l'ombre d'un capuchon noir. Aujourd'hui, plus que jamais, elle veut casser la gueule au monde entier. Concentrée, elle termine de nouer ses bandages et enfile par-dessus ses gants marqués d'un X rouge.

— Quinze secondes !

La voix du coach, encore. Elle inspire un grand coup et souffle, sautillant sur place pour éprouver le contact du sol à travers la mince semelle de ses chaussures de boxe. Dans dix secondes, elle sera face à elle-même. Face à sa rage, à sa violence et à son désespoir qu'il lui faudra vomir à contre-courant de son corps. Les extirper d'elle comme on accouche d'un monstre. Pour les affronter. Pour ne pas mourir empoisonnée par leur venin. Elle pressent ce qui l'attend. Son cœur s'accélère.

Biiiip ! C'est parti.

Elle frappe, frappe et frappe encore. Elle défonce le sac, disciplinant sa respiration à travers le protège-dents qui l'étouffe. Elle doit apprendre à le tolérer, si elle veut monter un jour sur un ring. Et elle le veut. Elle le veut très fort et y travaille d'arrache-pied depuis un an. Mais un combat, c'est sérieux. C'est exceptionnel. C'est lourd. On ne décide pas simplement qu'on a envie de se battre. On s'entraîne le plus dur qu'on peut et on attend que le coach accorde son feu vert. Il y en a qui ne l'auront jamais, le fameux feu vert ! Le ring, c'est le saint Graal de tout boxeur. Ou du moins, de tous ceux qui ont l'âme à boxer ! Ce qui n'est pas donné à tout le monde.

— Deux minutes !

Ses muscles brûlent. Ne pas lâcher. Encore. Et encore. Ses mains sont lourdes comme du plomb. Elle aimerait tant baisser les bras.

— On ne lâche rien ! Quarante-cinq secondes !

La voix du coach, lointaine cette fois. Son corps hésite, au bord de la panique. L'air ne veut plus passer dans sa gorge nouée et des larmes d'impuissance se pressent derrière ses yeux.

Alors, elle y pense. À ce connard de Franck qui a fui, la laissant seule avec le ventre en friche. Ça l'arrange bien, lui, que les vacances d'été à la fac commencent début mai… Et elle frappe. Frappe. Et frappe encore. Elle oublie le poids de ses poings de plomb, elle oublie ses épaules douloureuses. Dans sa tête, il ne reste que cet enfoiré qui, lui, a eu la possibilité de déserter. Et c'est injuste. Injuste. Injuste. Elle a l'impression d'irradier une lumière rouge et crache les coups comme dans un rêve. *Biiiip !* Une minute de repos. Elle aurait pu continuer.

Elle sort une main du gant, éponge son front avec le bandage qui la lui enserre et boit deux longues gorgées d'eau à sa gourde en regardant dans le vide. Trente secondes, et on reprend. Encore sept rounds.

Lorsque la phrase magique du coach « C'est bon pour aujourd'hui ! » met fin à la séance, elle a la sensation de revenir à elle. De réintégrer son corps que la colère ne soutient plus. Elle pourrait se coucher là, par terre dans la poussière, et disparaître. D'épuisement, de peine, de désespoir.

Au lieu de quoi elle glisse ses mains hors des gants, mécaniquement. Elle déroule ses bandes et les fourre dans ses affaires, enfile un sweat-shirt par-dessus son débardeur trempé et balance son sac sur son épaule droite. Déjà, elle se dirige vers la sortie lorsque le coach la rappelle :

— Lutxia !

— Oui ?

— Tout va bien ?

— Oui, pourquoi ? demande-t-elle, un peu trop vite.

— T'as mangé du lion ou quoi ? C'était bien aujourd'hui !

— C'est qu'il n'y avait pas que le sac que je boxais…, laisse-t-elle échapper dans un soupir.

— Je m'en doute. Fais attention quand même, ce n'est pas le moment de te blesser. Il y a des combats jusqu'à la fin de la saison.

— OK.

Sa voix déraille, trahissant son émotion. À peine l'escalier de béton remonté quatre à quatre que ses larmes débordent, incontrôlables. Une digue, quelque part au fond d'elle, vient de lâcher.

Dans un réflexe, Lutxia court les cinquante mètres qui la séparent de l'arrêt de bus, grimpe dans le ventre de l'engin qui referme ses portes en soufflant et s'assied au fond, contre la vitre. Sous elle, le moteur gronde tandis que le paysage défile à travers ses larmes : les rayons orangés du soleil couchant crèvent les nuages amoncelés, transpercent de leurs glaives de lumière les barres d'immeubles pour s'enfoncer dans le cœur de la terre. Lumière… Lutxia…

Quelle blague, ce prénom ! Pourquoi pas Lucie, tout simplement ? Un vieux souvenir de maternelle remonte à la surface de sa conscience : chacun apprenait à orthographier son prénom. La maîtresse était passée devant la feuille de Lutxia, sur laquelle cette dernière avait tracé en lettres maladroites L U T c H i A, et avait barré le c H d'un grand X rouge.

— Dans ton cas, avait-elle dit, le « tch » s'écrit X. C'est comme ça, c'est tout.

Une camarade de classe, sincèrement désolée, l'avait ensuite questionnée :

— C'est bizarre Lutxia, pourquoi ils t'ont appelée comme ça tes parents ?

Ne sachant que répondre, Lutxia avait baissé la tête, honteuse, faisant semblant de s'intéresser à un point imaginaire sur sa feuille de papier. Elle aurait tellement aimé se nommer Marie, Mélanie ou Julie, comme les autres filles…

Comment aurait-elle pu deviner ce qu'avait ressenti sa mère quand ce prénom avait surgi dans sa vie ? C'était au cours d'un week-end à Biarritz auquel cette dernière avait tenu à se rendre malgré son ventre lourd de sept mois de grossesse. Assise sur un banc face à la mer, elle regardait la silhouette de son mari qui s'éloignait sur la promenade avec Marie-Lou, leur fillette de deux ans et demi. Ils partaient chercher une glace, se mêlant à la foule dans le *flip flap* des claquettes et le froufrou des robes. Une main posée sur son ventre, elle goûtait la douceur du soir et ne pensait à rien quand le prénom *Lutxia* était sorti comme une fusée du brouhaha ambiant. Dans sa tête, il avait explosé à la manière d'une bombe de joie, retombant en fines bulles dans son corps étonné. Le bébé avait fait un saut de carpe, réagissant lui aussi à ce prénom feu d'artifice. Elle avait su alors, sans l'ombre d'un doute, que sa fille s'appellerait Lutxia.

Lutxia, ma Lutxia, tu seras gaie et lumineuse… Indépendante, courageuse, aventureuse même. Tu feras tout ce que tu voudras, lui avait-elle dit dans sa tête, les deux mains sur son ventre maintenant silencieux : le bébé semblait dormir.

Parce que oui, elle avait rêvé de liberté, sa mère. De découvrir le monde, de rire à gorge déployée, de folles discussions dans des endroits nouveaux. Puis elle avait rencontré son mari, dont la prestance avait occulté tout le reste. En décidant de le suivre, elle était devenue « femme de », ce qui la faisait rougir de plaisir et de fierté. Avec le temps, toutefois, elle avait compris que cette étiquette, aussi classe soit-elle, la cacherait pour la vie. Elle avait senti, avec la charge de la maison à tenir et sa deuxième fille à venir, que ses études de psycho étaient remises aux calendes grecques. Elle avait fait un choix, sans pouvoir tout à fait en mesurer les conséquences. Un choix qu'elle n'avait pas regretté, certes, mais qui l'avait coupée de la partie aventureuse d'elle-même. Celle qui aurait voulu avoir un métier à elle, une place dans le monde qui ne dépendrait pas de son homme, voyager…

Un groupe de jeunes gens monte dans le bus interrompant le fil des pensées de Lutxia. Au-dehors, le paysage a changé : le centre-ville ouvre ses bras de grès roses et colombages. Jeans slims, grands rires, chahut, baskets, il y a de la fête plein les têtes. C'est les vacances, leurs vies sont légères. Lutxia se rend compte qu'ils doivent avoir le même âge qu'elle. Est-elle la seule à voir que l'avenir a fait faillite ? Qu'il a emporté dans son néant les belles promesses de l'enfance ? Les études réussies, le métier, le prince charmant, les bambins et les ressources infinies de la planète éternelle ?

Ses années à la fac apparaissent dans le rétroviseur de sa mémoire récente : elle, noyée dans les bouquins, les mots, les données, puis les stages pour obtenir une licence sans possibilité de master ni la moindre chance de dégoter le boulot de ses rêves qui l'aurait envolée loin, enfin. 13,4 de moyenne, c'est trop faible. Putain. La colère sèche ses pleurs, dévide son fil et brandit la chambre vide de Marie-Lou. Sa sœur. Sa confidente depuis l'enfance. Sa seule amie, empêchée qu'elle avait été par les fréquents déménagements de la famille de créer des liens au-dehors. Marie-Lou partie sans préavis pour ce Vincent entré dans leurs vies comme un coup de pied au cul. Les « on » dont elle se gargarise, depuis. Et le « tu comprendras quand tu seras amoureuse » avec lequel elle avait laissé sa cadette. *Non, je ne comprendrai pas. Ni maintenant ni plus tard* pense Lutxia, les poings serrés dans la poche centrale de son sweat-shirt.

Et Micka, son petit frère étourneau qui avait, lui, toujours vécu en bande. Sitôt la famille atterrie dans une nouvelle ville, il y avait des copains pendus à la sonnette. Tu viens jouer ? ils lui disaient. Et lui s'envolait. Lutxia l'aimait bien, même si leurs quatre ans d'écart n'en faisaient pas le confident idéal.

Épuisée, Lutxia sent un vertige la prendre devant le vide qui l'habite. Le vide immense. Le vide gouffre aux mille dents qui dévore les secondes, les heures, les jours, les semaines et les années de sa vie comme il a avalé l'espoir. Et le sourire de cette minuscule ébauche de fille qui se mourait dans le sang, une main sur le cœur tandis que le monde continuait de tourner, occupé seulement du chant des cigales dans la chaleur de l'été.

Prise d'un sentiment d'urgence, Lutxia sort son téléphone, en déverrouille l'écran, ouvre l'application photo et clique sur l'image de son oisillon gris dans sa mer rouge. Devant ses yeux, une évidence : sa souris n'aura pas de nom, elle. Ni Marie, ni Mélanie, ni Julie. Rien.

Lutxia fourre l'appareil dans sa poche et relève la tête pour retenir la brûlure des larmes qui se pressent sous ses paupières. Derrière la vitre, une zone pavillonnaire. Rangée. Proprette. Elle a loupé son arrêt.

La voiture couleur de nuit se faufile silencieusement dans la circulation. À l'intérieur, la famille Perrot au grand complet : les parents, à l'avant, se sont mis sur leur trente-et-un. À l'arrière, Marie-Lou est en tailleur-chemisier : elle sort du boulot et n'a pas eu le temps de se changer. Micka, lui, porte jean et baskets. Sa contribution a été de passer un pull à col rond en lieu et place de son éternel tee-shirt, et de ne pas rester en short. En le découvrant, son père a grogné :

— Tu aurais pu faire un effort ! On va au Mayence quand même…

— Tu es très beau, mon fils ! avait chantonné Catherine en descendant les dernières marches de l'escalier pour l'embrasser, fière, étonnée, rougissante de voir poindre un homme dans son garçon de seize ans.

Lutxia, rendue plus menue qu'à l'accoutumée par son jean noir moulant et son chemisier fluide, se colle au siège. Elle aimerait disparaître, ce qui est parfaitement à l'opposé du programme de ce soir.

— Décidément, on a de la chance ! se félicite Pierre qui vient de garer la voiture à deux pas du restaurant.

— Tu parles d'une chance…, marmonne Lutxia, dont la mauvaise humeur se perd dans le claquement des portières.

Une fois installés à table, ils commencent par un apéro.

— Une fois n'est pas coutume ! claironne Pierre. On a quelque chose à fêter.

Il fait un clin d'œil à Lutxia, qui rougit, prise entre la satisfaction de voir son père si fier d'elle qu'il a emmené toute la famille au Mayence – le restaurant des très grandes occasions – et la rage mêlée de désespoir qu'elle ressent en constatant que personne ne semble conscient de sa détresse. Cette licence qu'on fête en grande pompe ne lui ouvre aucune porte, bien au contraire : elle sonne le glas des rêves d'aventures qui ont été sa raison de vivre ces dernières années.

— À ma fille ! dit Pierre en levant bien haut son verre. Tu as une licence maintenant, ce n'est pas rien ! C'est CA-PI-TAL les études, tu sais ?

Toute son enfance, elle l'a entendue, cette phrase : *Les études, c'est l'avenir !* Et ses mille variantes. Décidément, son père ne voit rien. Mais alors, rien du tout. Comment lui dire à quel point il se trompe ? Impossible. Il ne comprendrait pas. Pire ! Il en conclurait que c'est elle qui refuse la réussite. Et ça, c'est hors de question.

Ils trinquent. Lutxia avale une gorgée de son muscat bien frais sous les yeux de sa mère qui la couve du regard comme la huitième merveille du monde. *Pour une fois que ce n'est pas Micka !* pense-t-elle. *Et en même temps, pourquoi faut-il qu'ils fassent tous attention à moi justement maintenant ? En plein naufrage ?*

Les plats se succèdent : fins, délicats, délicieux. Lutxia en profite autant qu'elle le peut, faisant de son mieux pour oublier le reste. Les autres ont le bon goût de parler de tout et de rien. De rien, surtout, pense-t-elle. Au moment du dessert, un serveur s'approche, se penche entre les deux parents et demande si l'on fête une occasion particulière.

— Et comment ! s'exclame Pierre. Ma fille (et il désigne Lutxia) vient d'obtenir sa licence. C'est important les études, vous savez ?

— Oui, monsieur, bien sûr. Sans aucun doute. Félicitations, mademoiselle.

Et il repart aussi discrètement qu'il est arrivé.

Elle reçoit une assiette spéciale, sur laquelle est écrit en lettres de chocolat : « Félicitations ! » Quelle blague. Elle n'ose rien montrer de ses sentiments : on fête trois ans d'efforts inutiles. L'échec annoncé de sa vie d'adulte. Elle enterre ses rêves et on danse sur la tombe. Repue, elle approche le café à l'odeur riche de grillé tout près de son nez et laisse ses yeux errer autour d'elle. Elle se détend, l'épreuve touche à sa fin.

L'atmosphère luxueuse est agréable, il faut le reconnaître. Les lumières tamisées, les gens qui parlent bas, la moquette qui amortit le bruit des fourchettes contre la faïence des assiettes, la table ronde en bois massif devant elle, les couverts brillants de part et d'autre de ses coudes, les flûtes de cristal encore à moitié pleines de liquide doré dans lequel d'interminables rangées de bulles remontent vers la surface… On dirait le *Titanic*.

Au retour, son père l'observe dans le rétroviseur. Ses yeux noirs ont repris leur sérieux, que Lutxia confond avec de la dureté. Il lâche d'un ton neutre :

— Il va falloir penser à ce que tu vas faire maintenant.

— Je sais, répond-elle en tournant son regard vers la vitre.

Elle voudrait crier. Ou mordre. Bien sûr, elle le sait. Bien sûr, elle y pense. Elle ne pense qu'à ça, même ! Et pour le moment, elle n'a rien trouvé. Puisqu'elle n'a pas obtenu de note suffisamment élevée pour espérer entrer en master, elle doit imaginer autre chose. Ses stages répétés en archéologie ne lui permettent pas de se diriger vers la culture en se servant de sa double licence. Quelle poisse ! Elle a trimé jusqu'au bout dans l'espoir de pouvoir continuer dans la voie qu'elle s'était fixée et, en un claquement de doigts, il faudrait qu'elle change de vocation ? Qu'elle se réoriente ? S'investisse à nouveau dans des études avec le risque de se retrouver avec rien une fois encore ? Non, merci !

Impossible également de rester chez les parents à ne rien faire. Elle n'a plus qu'à dégoter un boulot pour gagner de quoi assurer un loyer ! Qu'envisager d'autre ? C'est le début de l'esclavage. Elle se voit déjà trimer toute sa vie pour joindre les deux bouts, finançant grassement un système conçu par et pour les générations précédentes. Elle va se saigner aux quatre veines pour payer la retraite des vieux, et quand ce sera son tour, il n'y aura plus rien dans les caisses. Et il fera cinquante degrés à l'ombre. Tout ça est prévisible.

Quelle injustice de naître à cette époque pourrie, où ceux qui se sont gavés avant vous pensent que vous êtes trop gâtée ! Certes, elle n'a pas eu faim, mais elle n'a pas d'avenir non plus. Rien devant elle qui lui donne envie de se lever le matin, de se mettre au boulot pour construire une existence qui lui ressemble. Comment se motiver lorsqu'il s'agit juste de s'assurer le minimum vital en se privant de tout le reste ? Qui plus est en participant à la destruction de la planète ?

Elle en est là de ses réflexions lorsque, sortie de nulle part, la dernière phrase du coach lui revient en mémoire : *Ce n'est pas le moment de te blesser. Il y a des combats jusqu'à la fin de la saison*. Elle en reste un instant interdite. Ça veut dire qu'elle va monter sur le ring cette année, ça ? Elle se redresse malgré elle. Oui, ça ne peut être que le fameux feu vert qu'elle attend depuis des lustres ! Et dire qu'elle a failli passer à côté !

Pour un peu, elle en exploserait de joie. Elle va enfin pouvoir casser la gueule au monde ! Se mettre debout face à un autre et frapper jusqu'à ce qu'il fasse noir. Jusqu'à la fin de cette rage qui la bouffe de l'intérieur. Elle va faire connaissance avec la guerrière qui, elle l'espère, sommeille en elle et la libérera. *Comme d'habitude, personne ne se rend compte de rien !* pense Lutxia, dépitée. Qu'elle aimerait être une de ces jeunes femmes d'Instagram épanouies, démonstratives et gaies qui partagent avec aisance ce qu'elles traversent et récoltent des vagues d'amour au moindre de leur post ! Elle en imagine une à sa place sur le siège arrière de la voiture. Elle ferait la conversation, intéresserait son père qui lui jetterait des coups d'œil admiratifs dans le rétroviseur. Elle crierait de joie, annoncerait son futur combat, rassurerait sa mère inquiète et checkerait son frère tandis que sa sœur la prendrait dans ses bras malgré les ceintures et la raideur des sièges. La joue contre celle de Marie-Lou, elle sourirait, les paupières closes, à sa vie parfaite… Soupir.

Une fois de plus, l'escalier de béton. *Bienvenue en enfer.* La lourde porte de métal. Le couloir. Les voix graves. La salle avec son ring, ses sacs et ses murs tatoués.

— En place, on commence par du *shadow* !

La musique fait résonner ses basses sans couvrir les respirations qui s'accélèrent. Chacun boxe son ombre. Le *shadow*, c'est ça : on fait comme si on combattait une ombre. Drôles de pantins qui s'échinent sur du rien, s'épuisant à tabasser le vide. Cette vision a toujours gêné Lutxia. Comme à l'école, quand elle devait faire un exercice devant tout le monde. Pour se couper des autres, elle rabat son capuchon sur sa tête. Et elle aussi, elle boxe son ombre. Son cœur se met à pomper. Sa respiration devient rauque et une goutte de sueur glisse de son front à son œil gauche.

— C'est bon les gars, on passe à la muscu.

Intensité maximale. Son corps a l'habitude. Elle accepte l'inconfort qu'auparavant elle aurait appelé douleur, découvrant sa puissance qui se tenait tapie derrière cette porte à première vue infranchissable. C'est ça qu'ils voulaient dire, tous, par leur fameux « c'est dans la tête » qui la mettait hors d'elle à ses débuts, lorsque ses muscles enflammés la forçaient à lâcher prise avant la fin des exercices.

Terminer une série d'abdos malgré la brûlure sous la peau de son ventre ou soulever des poids aussi bien que n'importe lequel des gars est pour Lutxia une immense fierté. La seule qui préserve sa confiance en elle sans cesse menacée. La seule qui lui permette de se relever chaque fois que la vie l'envoie au tapis. La seule qui, depuis l'avortement, l'aide à basculer du côté de ceux qui agissent, qui explosent, qui vivent. Plus forte encore, plus noire, plus déterminée qu'elle n'aurait su l'être, avant. Plus désespérée, peut-être. Peu importe, tant qu'elle boxe. À chacun sa manière.

Elle se sent en forme aujourd'hui, et avale les exercices avec une facilité qu'elle doit à l'espoir fou du combat qui s'annonce. Elle en a besoin, comme d'un phare capable d'éclairer son chemin. Dire qu'elle fait peut-être partie des élus qui pourront raconter toute leur vie qu'ils sont montés sur un ring ! Un projet auquel se consacrer, enfin. Un défi. Cette idée la dope, la shoote, la propulse dans l'espace. Déjà sa brassière et son débardeur sont trempés. Elle essuie les gouttes qui lui tombent dans les yeux et enfile ses gants. Elle est prête.

Quand le coach la prend plus longuement que les autres à la patte d'ours, elle donne tout ce qu'elle a, le souffle court et le cœur affolé. Elle fait partie des élus, elle le sent. Les coups claquent face au coach qui ne lui passe rien.

— Aaaaaah ! Lutxia ! Ne te jette pas, bon sang !

Elle sait que plus le coach crie, plus il a à cœur qu'elle progresse. C'est bon signe, ça aussi. Elle est à bout, mais continue. Garder son axe, ne pas partir en avant avec le coup qu'elle donne. Puis viennent les assauts.

— Cherchez vos protège-dents ! Lutxia, tu mets ton casque.

Elle va prendre cher. Il ne lui demande jamais de mettre le casque sans raison… Son pouls s'accélère. Elle a beau en avoir l'habitude, elle a peur.

Ses camarades s'affrontent sur le ring tandis qu'elle s'entraîne à repérer les styles de chacun autant que leurs failles : Jéjé est émotif. Sitôt que ça cogne, il est désordonné. Sans ses grands bras qui l'aident à tenir l'adversaire à distance, ce serait la catastrophe ! Manu relève les coudes en ailes de poulet quand il fatigue, ce qui laisse son foie sans défense. Un uppercut bien senti passerait comme un bulldozer dans une maison de poupée ! Dani, lui, est un vrai tank : il ne recule jamais, quitte à prendre des coups. Avec sa tête enfoncée dans les épaules, il a l'air invincible. Ce qui en déroute plus d'un lors des combats… Et puis, il y a Momo. Momo, il est arrivé il y a quelques semaines et on voit qu'il a peur d'avoir mal. Il sort la tête loin vers l'arrière pour éviter l'adversaire, ne comprenant pas combien ce réflexe l'expose : la moindre droite ferait valser ses cervicales dans des postures que la nature n'a pas prévues.

C'est de la peur des coups que viennent les accidents en boxe amateur. Elle amène les combattants à se mettre en danger. D'ailleurs, c'est ce qui fait le plus hurler le coach : que l'un de ses boxeurs baisse sa garde. Il devient dingue alors, comme si c'était lui qui risquait la blessure.

— Lutxia, à toi ! Tu boxes contre Mehdi ce soir. Mehdi, tu fais gaffe, elle est moins lourde que toi. Mais tu y vas quand même, hein ? Tu ne fais pas semblant. C'est bon ?... Boxe !

Lutxia est tétanisée. Elle se force à avancer. Mehdi engage le combat : deux directs dans sa garde. La vache, il frappe dur. Elle ne bronche pas, réplique. Elle est tendue, les épaules au ras des oreilles. Ils se tournent autour. Elle est déjà essoufflée. Quelle plaie, le protège-dents ! Impossible de respirer avec ce truc. Son adversaire attaque. Elle voit l'ouverture et tente un crochet... trop tard. Il en a profité pour balancer un uppercut. Elle l'a pris en pleine poire.

Un feulement lui échappe, autant de rage que de peur. Elle sait que ce n'est pas fini. Mehdi arrive en face et, à nouveau, lui envoie deux directs dans la figure. Elle se protège, esquive comme elle peut et place un crochet arrière qui touche sa cible !

— Bien, Lutxia ! Enfin ! Ne lâche pas. Encore une minute !

Quoi ? Une minute ? Mais ce n'est pas possible ! Je ne vais jamais tenir toute une minute ! Elle a beau souffler, l'impression de ne pas avoir assez d'espace dans la cage thoracique pour y faire entrer de l'air l'oppresse. Mehdi est sur elle. De nouveau, une série de coups. Elle est débordée.

— Esquive, Lutxia ! Sors ! Mais SORS DE LÀ ! s'époumone le coach.

Il en a de bonnes, lui... Elle voudrait bien ! Elle réussit finalement à pivoter en passant sous le bras gauche de son adversaire qui cherchait sa tempe. *Cette fois, il ne m'aura pas*, se dit-elle en mordant dans le plastique de son protège-dents.

— BIEEEEEEN ! Allez, Lutxia, ne lâche rien !

Elle envoie un direct à Mehdi, qui le prend sur la pommette. Surpris, il secoue la tête. Elle est épuisée. Trop pour remarquer qu'elle a baissé sa garde. Le temps qu'elle s'en rende compte et c'est son nez qui s'écrase. Ça fait mal. Très. Les larmes lui montent aux yeux.

— STOP ! hurle le coach. C'est bon. Ça va, Lutxia ?

Les deux boxeurs se *checkent* le gant. Ici, on frappe, mais ça n'a rien de personnel. Elle saigne du nez. Une fois de plus.

— Ça va…

Elle se penche pour passer entre les cordes du ring et se dirige vers les toilettes en enlevant ses gants. Devant le miroir, elle tente d'endiguer le flux avec du PQ. La séance est terminée. Elle retourne dans la salle avec dans la bouche un goût de métal. Mehdi demande :

— Ça va, Lutxia ? J'ai été un peu fort, je crois…

— T'inquiète, ça va. On n'est pas au ping-pong.

Il rigole.

— Sacré caractère… C'est bien !

La voix du coach retentit :

— Étirez-vous un peu ! Lutxia et Jérémy, venez me voir !

Lutxia file vers l'autre bout de la salle, non sans un regard complice pour Jéjé. Ils savent.

— Vous voulez monter sur le ring ?

— Oui, coach ! répondent-ils en chœur.

— Bien. Vous combattrez le vingt-quatre juin. Vous avez déjà des adversaires. Jérémy, il a six combats, comme toi, dont deux défaites. Lutxia, ton adversaire en est à son deuxième combat. Le premier a été une défaite. C'est bon pour vous ?

— Oui, coach ! C'est bon.

— D'ici là, je veux vous voir à tous les entraînements ! Compris ?

— Oui, coach !

Lutxia retourne vers ses affaires, le cœur au bord des lèvres. Elle pourrait le vomir, juste là dans le creux d'où dépassent les gros gants qui sentent le fennec, le protège-dents encore baveux dans sa boîte en plastique, la gourde d'eau vide et les bandes qu'elle termine de dérouler de ses mains pour les fourrer en vrac avec le reste avant de balancer le sac sur son épaule.

Entre penser au combat et savoir qu'on va combattre, il y a un monde ! se dit-elle en sortant du sous-sol la première. Comme d'habitude, les garçons prennent le temps de se changer, pas elle. Il n'y a pas de vestiaires femmes, alors…

L'idée de l'affrontement à venir l'obsède. Dans quatre minuscules semaines… Elle va monter sur l'un de ces rings qui, vus de l'extérieur, ne sont rien de plus qu'un carré de plancher surélevé délimité par quatre cordes. Depuis les gradins, on y repère les boxeurs qui se tournent autour et envoient comme ils peuvent leurs gants démesurés en direction de l'adversaire. Parfois, des coups, dont on ne perçoit pas la violence, atteignent leur cible. Au bout de trois rounds de deux minutes chacun, les opposants redescendent trempés comme des chatons tombés dans la fontaine, des cernes sous les yeux et du bleu au visage.

Y être, comme ils disent tous, c'est autre chose. Inexplicable. Personne ne fait le malin au moment de monter sur un ring. Personne. Quel que soit son niveau ou son habitude. Quand on monte sur un ring, on va au combat. On risque sa peau. Ce n'est pas un jeu. C'est la guerre. Tous ceux qui l'ont vécu le savent.

Et maintenant, c'est inéluctable : elle va y avoir droit. Dans quatre semaines, ce sera son tour de grimper les quelques marches et de se mettre dans son coin de cordes, avec ce fichu casque sur la tête. Impossible de s'en passer, c'est la règle : on fait les sept premiers combats avec. Ensuite, on se bat tête nue.

Elle se retrouvera face à une adversaire qui va la cogner et qu'elle tâchera de frapper, aussi. Elle sait que les trois fois deux minutes dureront une éternité. Rien que d'y penser, son cœur monte dans sa gorge d'un bond affolé. Comment se préparer à un tel événement ? Elle tâte son nez. Il sera bleu demain. Au moins un peu.

L'odeur de brioche tout juste sortie du four lui saute au visage dès la porte d'entrée. *C'est vrai, on est samedi*, pense Lutxia. Jour de la brioche fourrée de Catherine... Bien sûr, il est interdit d'y toucher avant le lendemain, Pierre ayant décrété que toute pâte levée qui sort du four provoque des maux de ventre. Comme toujours, sa femme est d'accord. Donc, non ! Même pas un petit coin pour goûter.

Cette odeur est la douce torture des samedis, celle qui donne à chacun la motivation de s'extirper du lit le dimanche matin, quelle que soit la teneur de sa soirée de la veille. Pierre aussi, qui le reste de la semaine se contente d'un café solitaire en guise de petit déjeuner, se met à table, mangeant de bon cœur son énorme tranche à la mie rayée de noisettes. Catherine couve tout le monde d'un regard ravi : rien ne lui fait davantage plaisir que de voir sa famille se régaler. Seule manque Marie-Lou, qui ces derniers mois ne dort plus à la maison. Étonnamment, cette absence ne dérange pas Catherine qui soupire : « Aaaah, ma grande fille... Moi aussi quand j'avais son âge... » et ses yeux se perdent dans le vide.

Micka s'arrange pour ne pas découcher le vendredi, ce qui est un exploit quand on connaît l'oiseau : toujours prêt pour une nuit dehors ! Depuis que lui et sa bande de copains ont découvert le *bushcraft*, ils saisissent le moindre prétexte pour filer. On ne les revoit que le lendemain, ou bien le jour d'après, crottés et ravis. À l'en croire, il s'agit d'utiliser toutes ses compétences pour vivre dans la nature en évitant de l'abîmer. S'il le dit…

Ce soir, donc, il doit être là. Assise à la table de la cuisine, Lutxia peine à avaler quoi que ce soit. Sa tête est pleine d'images de combats, son ventre papillonne de peur, son sang vrombit d'excitation. *Qu'est-ce qu'il fout, Micka ?* pense-t-elle, déçue. D'habitude, il vient la rejoindre quand elle mange tard et ils discutent, entre deux vidéos qu'ils regardent chacun sur son écran. Et maintenant qu'elle a besoin de parler à quelqu'un, il reste dans sa chambre ! C'est tout lui, ça. Elle avale la dernière bouchée de sa tartine, termine son verre de jus de fruits et monte.

N'y tenant plus, elle frappe deux coups et entre dans la chambre de son frère. Il est bien là, affalé sur son lit, à regarder son portable.

— Salut ! Ça va ?

Il n'a même pas levé le nez. Lutxia le pousse, s'installe à côté de lui et sort son téléphone.

— Devine quoi ? lui dit-elle avant de se mettre à faire défiler son fil Facebook.

— Quoi ?

Cette fois, il lève la tête.

— Dans quatre semaines… je monte sur le ring !

— Sérieux ?

— Ouais, sérieux.

Il émet un petit sifflement qui peut passer pour de l'admiration, avant de reporter son attention sur son écran.

— Tu sais que tu risques de te faire casser la gueule ?

Elle le pousse du coude, assez pour qu'il manque de tomber du lit.

— Pfff, t'es con… J'suis une guerrière moi ! C'est l'autre qui risque de se faire casser la gueule.

— Ah booooon, fait-il en jouant au type qui vient de comprendre. Pas d'inquiétude, alors !

Elle grommelle, pour la forme. Plusieurs minutes s'écoulent en silence avant que Micka n'abandonne son écran, regardant le mur devant lui de ses yeux arrondis.

— Oh, merde ! Du coup, c'est mort pour que tu nous emmènes à Munster mardi soir prochain ? J'imagine que tu vas passer ta vie à l'entraînement ?

— Pourquoi ? Vous allez encore chez Joe ?

— Non, on part dans la forêt, il connaît un coin près du Wettstein. On devrait y rester trois ou quatre jours… Et ça m'aurait arrangé que tu nous amènes !

— Mardi soir, je peux pas. Plus moyen de sauter un entraînement ! Dans la matinée si vous voulez ou en début d'après-midi ?

— Je vais voir avec les potes. Nono a un truc de prévu, je crois.

— Alors, il faudra vous débrouiller comme des grands !

Il grommelle à son tour. Au bout d'un long moment – ou peut-être fut-il court ? La durée fait des siennes lorsque le fil doré de la vie des autres vous attrape, vous perd dans les avis et les commentaires pêle-mêle, vous entraîne dans son courant d'actualités saturé de contrastes qu'on finit par confondre avec la vraie vie –, Micka bâille.

— Bon, tu me laisses me coucher ou quoi ?

— OK, à plus !

Sans quitter son écran des yeux, Lutxia se lève et se dirige vers la sortie.

— À plus, Loulou. Essaye de dormir quand même, hein ?

Elle ouvre la porte et répond sans se retourner :

— C'est pas gagné !

Et, en effet, lorsqu'elle ferme les yeux espérant débrancher son cerveau, c'est peine perdue. Des images de combats se succèdent derrière ses paupières et son cœur s'emballe, faisant fuir le sommeil.

Elle roule vers l'autre côté du lit, les images de boxe la suivent. Comment fera-t-elle pour se reposer les jours précédant le combat ? Il va falloir qu'elle trouve un moyen. Épuisée, elle se ferait démolir, saignerait et devrait abandonner. Son pouls s'accélère. Le coach la verrait, les autres la verraient et elle, elle saurait qu'elle n'est pas capable. Elle saurait qu'elle n'est pas une guerrière. Elle saurait qu'elle ne pourra jamais rien faire. Elle se retourne, en surchauffe, cherche avec ses jambes un endroit frais sous la couette. Non, elle va gagner, c'est sûr. Son adversaire a déjà une défaite à son actif. Donc elle doit porter cette blessure tout au fond d'elle qui dit : « Tu n'y arriveras pas, comme la première fois. » Elle montera sur le ring avec un moral de perdante. Il suffira de s'en servir, de ne pas paniquer, d'observer ses failles et de décocher le coup au moment juste. Oui, elle peut le faire. Si le coach pense qu'elle est prête, c'est qu'elle est prête. Alors, elle lui fera sa fête à cette nana ! Un ou deux coups du droit pour l'inciter à frapper et profiter de son ouverture pour envoyer le bras arrière à pleine puissance. Exploiter sa surprise, se rapprocher, terminer avec un uppercut dans le menton et sortir élégamment sur le côté. Le sang bat dans ses oreilles. Il fait chaud. Elle se retourne.

À moins que son premier combat perdu ne lui ait mis deux fois plus la rage et qu'elle en veuille au monde entier… On ne boxe pas sans raison. Pas en compétition en tout cas. Donc, cette fille doit avoir elle aussi suffisamment de fureur en elle pour y revenir ! Est-ce que j'y retournerais, moi, après une défaite ? Pas sûre… Elle doit être plus forte que moi, avec un mental d'acier et elle va me déborder de coups sans que je trouve le temps de réagir. Et si je n'arrive pas à l'atteindre ? Si elle me casse le nez ?

Ne pas paniquer. Souffler. Ça ira. Je pourrai forcément faire quelque chose. Penser aux pivots pour me tirer d'affaire. Les débutants les utilisent rarement, ça pourrait la surprendre et me donner l'avantage. Oui. Souffler. Ne pas paniquer. Souffler. Extirper de mon système toutes ces images de combats dont je reviens ensanglantée, que j'aie gagné ou perdu. Gagné ou perdu. Ces deux notions s'éloignent, se noient dans le sang qui sort de mon nez.

Pivoter.

Ne pas paniquer.

Souffler.

Ne pas paniquer.

Je me bats dans une mare de sang.

Ne pas paniquer.

Souffler.

Ne pas paniquer.
Je me transforme en petite
souris grise, je pleure du sang
et m'écroule seule au milieu de
tout ce rouge, morte, quand le
biiiiip annonce… *Biiiip,*
biiiiip ! Lutxia émerge
péniblement. Son réveil
indique 9 heures : l'heure de
la brioche.

En la voyant arriver à la table du petit déjeuner, Micka s'esclaffe, le nez dans son chocolat chaud :

— T'as boxé toute la nuit ou quoi ? T'as une de ces têtes !

— Bonjour, ma chérie ! J'ai fait un thé vert jasmin, tu en veux ? chantonne Catherine, toujours aux petits soins pour tout le monde.

— 'Jour ! Oui, m'man, volontiers. Je vais me faire un café aussi…

— Ça sera pas du luxe…

Micka semble de bonne humeur.

— Tout va bien, Lutxia ? interroge Pierre, qui a observé sa fille sans rien dire.

— Elle combat bientôt, ça la met dans tous ses états ! répond Micka à sa place.

— Quand ?

Pierre s'adresse directement à Lutxia qui s'assied avec son café et son thé.

— Le vingt-quatre juin…

La voix de Lutxia hésite. À cette minute, elle voudrait pouvoir tout annuler. Elle se sent juste fatiguée, et faible.

— Où ? questionne encore Pierre.

— Je ne sais pas, je n'ai pas pensé à le demander au coach…

— Ma pauvre chérie, tu es vraiment sûre que…, murmure Catherine.

Pierre la coupe d'un regard, avant d'enchaîner :

— C'est bien. Ce n'est pas rien de monter sur un ring. Entraîne-toi sérieusement jusque-là et tâche de mieux dormir !

— J'aimerais bien, marmonne Lutxia en glissant un coup d'œil à son frère, qui a cessé de rire.

Et toc ! aurait-elle pu lui balancer. Mais elle se retient, prend la grosse tranche de brioche que lui tend sa mère et y mord à pleines dents. Bon sang, que c'est bon !

Le gâteau englouti, c'est à elle et Micka qu'il revient de débarrasser la table. Lutxia se lève tandis que son frère reste assis, faisant semblant de touiller son fond de chocolat. Voyant que Lutxia ne dit rien, il se lance :

— Alors, on fait la maligne avec son combat ? (Et il imite leur père pour la faire rire :) Ce n'est pas rien de monter sur un ring !

— Eh ben, il a raison pour une fois ! T'es jaloux ?

— Pas du tout. Mais alors, pas le moins du monde !

Lutxia s'arrête pour le regarder. Mais oui, il est jaloux ! Après tout, c'est vrai que s'il est le soleil de leur mère, il n'a que rarement l'attention de leur père…

— C'est bien aussi, le *bushcraft*, tu sais ? lui lance-t-elle, narquoise.

— Mmmh… Moi, au moins, je ne serai plus à la maison quand j'aurai vingt ans, ça, c'est sûr !

Il se lève. Sa sœur prend la mouche, grosse d'un vide qu'elle ne peut pas dire. Elle qui rêve d'un lieu où s'isoler avec l'image qui hante son esprit n'a pas de Vincent à aller rejoindre. Plus de Franck. Pas de nuée d'amis non plus. Ni de métier, ni de salaire qui lui permettrait de prendre son envol en solitaire. Tout semble si simple pour Micka alors que depuis des jours elle trimbale son désespoir en de longues marches à travers la ville bruissante de touristes trop gais sans trouver d'issue ! Le long de l'Ill dont les flots ne l'apaisent plus, toute idée susceptible de justifier la rage qu'elle ressent est reconnue comme sienne par son cerveau en ébullition. Ainsi, le dérèglement climatique et ses conséquences deviennent une injustice que le vieux monde lui impose, à elle directement. De l'Orangerie aux Contades, de la citadelle à la cathédrale elle s'enflamme d'une révolte qui la ramène aux entraînements de boxe. Heureusement qu'elle a la boxe.

— Parce que tu crois que c'est marrant pour moi ? Tu penses que ça me fait plaisir d'être encore là, coincée dans cette baraque, sans aucune idée de ce que je vais bien pouvoir faire ? Je suis crevée. J'aurais juste besoin d'être seule pour pouvoir réfléchir. Mais, même ça, c'est trop demander !

Surpris, Micka s'immobilise.

— Ben… Pour ça je peux te prêter mon matos et tu peux aller où tu veux pour être tranquille ! « C'est bien aussi, le *bushcraft*, tu sais ? »

Il reprend ses mots, juste pour la piquer.

— N'importe quoi… Tu me vois, moi, toute seule dans la forêt ?

— Et pourquoi pas ? Ce n'est pas ce que tu veux, être seule pour réfléchir ?

— Ben non, pas comme ça, je te parlais plutôt d'un appartement pour moi et de ne plus voir personne pendant un moment…

— À toi de te la faire, ta tranquillité. En forêt, tu peux ne voir personne tout le temps que tu le décides. Et puis, l'été, c'est facile… Si tu veux, tu peux. T'es pas cap ou quoi ?

Il a raison. Lutxia n'avait pas envisagé cette possibilité, tout simplement parce que dormir seule dans la forêt lui fait un peu peur. Mais pas question de l'avouer à Micka !

— Bien sûr que je suis cap. Tu crois que tu es le seul à pouvoir dormir dehors ? D'ailleurs, c'est une bonne idée. Après mon combat, je prends ton matos et je file une semaine dans la forêt. À moins que tu en aies besoin à ce moment-là ?

Elle le toise, une assiette dans la main et du défi dans le regard.

— Pas du tout. Joe sera en Thaïlande avec ses parents, alors je squatterai ici. À mon avis, tu te défileras d'ici là ! la taquine-t-il de nouveau, gentiment cette fois.

— Tu rêves ! Tu me montreras comment marchent tes trucs et à moi la liberté ! Toute une semaine sans voir vos tronches…

Elle lui fait un clin d'œil. Heureusement qu'il reste Micka dans cette maison !

La boxe, la boxe, la boxe. Cette discipline tellement exigeante repousse le reste à la périphérie de la conscience de Lutxia : elle n'a de place que pour le noble art les semaines suivantes. Et sa kyrielle de courbatures, de bleus et de bosses à soigner d'urgence. Ses souvenirs se taisent, mais refusent de disparaître. Ils errent dans les limbes de ses rêves, empoissent sa peau, étouffent son souffle sous leur masse aveugle et sourde. Lutxia lutte comme une noyée pour garder les yeux fermés, enchaîne les entraînements, se blesse juste assez pour sentir le danger, palpite et se perd dans des vidéos de KO monumentaux. La peur est sa meilleure alliée pour ne pas s'éloigner de la pensée du ring. Plus que trois jours et elle y sera. Après n'existe pas.

En attendant, elle se promène partout avec sa peur en laisse, fauve qu'elle flatte et caresse tout en craignant ses dents, ses griffes et la puissance de sa musculature qui roule à chaque pas sous sa fourrure. Et si elle avait mal ? Très mal ? Trop mal ? Pire, si elle se ridiculisait ? Dire que ça arrive, en vrai ! Certains combattants sont incapables de monter sur le ring. Ils refusent, pleurent et disparaissent à jamais. On en reparle longtemps après. La terreur envahit les tripes de Lutxia d'une vague puissante qui se projette au-dehors en diarrhée fulgurante. Mon Dieu, et si ça lui arrivait sur le ring ? Non. Elle ne mangera rien avant. Juste un peu de sucre pour l'énergie. Ça ira. La peur recule, se couche. *Tout doux. Pas bouger. Encore trois jours…*

De la cuisine lui parviennent des bruits d'assiettes et de couverts, ainsi qu'une bonne odeur verte… Soupe de légumes ? Catherine met la table. Lutxia la rejoint, comme lorsqu'elle était petite et venait se percher sur un tabouret pour raconter à sa maman les petits riens qui font la vie d'une enfant. Elle l'admirait, alors. La trouvait magnifique, splendide, parfaite. Et digne d'entendre ses plus grands secrets. Dire que Catherine ne saura jamais que sa fille avait été enceinte… À quel moment leur relation avait-elle dérapé ? Quand avait-elle commencé à la trouver trop présente ? Insistante ? Envahissante ? C'est si compliqué, d'avoir une mère…

— Ah ! Te voilà toi ! Juste à temps pour dîner.

— On mange quoi, ce soir ?

— Soupe-tartines, j'étais à la piscine cet après-midi… Tu veux bien sortir le fromage du frigo, s'il te plaît ?

Lutxia obtempère.

— Il est déjà rentré, papa ?

— Oui, il est dans son bureau. Et Micka est là aussi !

— J'ai vu…

Catherine lève les yeux de la marmite fumante dans laquelle elle tourne une cuiller en bois, un sourcil relevé. Elle ne dit rien pourtant et remet le couvercle sur la casserole qu'elle soulève avec un « hmm » discret pour la déposer au centre de la table. Elle vérifie que tout y est : la corbeille de pain, le beurre, le plateau de fromages, le sel, le poivre, l'eau et la bouteille de vin. Elle a choisi un pinot noir vieilli en fût de chêne avec le repas de ce soir. Satisfaite, elle se tourne vers sa fille et lui demande :

— Tu veux les appeler ? On peut passer à table.

On n'entend plus que le bruit des cuillers dans les assiettes. Il faut dire que la soupe de Catherine est succulente avec quelques tours de moulin d'un excellent poivre noir de Kampot…

Une fois les assiettes raclées, chacun tend la sienne pour une seconde tournée. Catherine, ravie, ressert Micka en premier, puis Pierre, puis Lutxia avant de s'octroyer la dernière louche. Les estomacs calmés, on se passe le pain, le beurre, le fromage et on lève le nez.

— Qu'est-ce que tu as fait de ta journée, Micka ?

— Pas grand-chose m'man, j'ai zoné sur Internet…

— Tu ne devais pas chercher du boulot ? demande Pierre.

— J'ai un peu regardé, mais ils ont déjà tous leurs extras.

— Et toi, Lutxia ? Tu en es où ?

Pas étonnant que ce soit son père qui lui pose cette question ! Tendue, elle répond :

— Ben… J'ai mon combat samedi. Après… eh bien, après je pensais emprunter le matériel de Micka et aller passer quelques jours en montagne. Pour réfléchir justement.

— Seule ? s'étonne Pierre.

— Oui… J'en ai besoin pour prendre des décisions.

— Mais, ce n'est pas dangereux… pour une jeune fille ?

Catherine est préoccupée. Autant, elle ne s'en fait pas lorsque son fils part avec sa bande de copains, autant elle n'a pas l'habitude que Lutxia découche. Encore moins pour se retrouver seule dans la forêt !

— Je ferai gaffe, ne t'inquiète pas. Et j'ai mon portable avec moi ! Si Micka peut le faire, je ne vois pas pourquoi, moi, je ne pourrais pas.

Elle lance un regard entendu à son frère, qui jubile. Il l'avait mise au défi, certes, mais il a encore l'air de penser qu'elle reviendra penaude à peine le soir tombé.

— Et où comptes-tu aller… réfléchir ? demande Pierre en se coupant un morceau de comté piqué de grains de sel avant de boire une gorgée de cet excellent pinot noir. Décidément, vieillis en fût de chêne, les pinots prennent du corps et du bois et n'ont plus grand-chose à voir avec ces piquettes « fruitées et légères » qu'il vaut mieux servir fraîches pour éviter d'en souligner la piètre qualité ! Est-il en train de changer d'avis sur la capacité des Alsaciens à produire du vin rouge ?

Lutxia, qui n'a aucune idée du lieu où passer sa semaine en forêt, lance à son frère un regard affolé. Il comprend le message.

— Je lui ai conseillé d'aller au-dessus de la vallée de Munster. Avec Joe, on a trouvé un spot sympa près du Wettstein…

Pierre avale de travers et tousse. Il déteste perdre ainsi le contrôle de lui-même. Il boit quelques gorgées du verre d'eau que Catherine lui tend, pleine de sollicitude. Le pli à la racine de son nez s'est accentué, indiquant que ses pensées sont à l'orage.

— Pourquoi là-bas ? Vous ne pouvez pas aller ailleurs faire vos petites sessions camping ?

— C'est quoi le problème avec le Wettstein ? interroge Micka, qui supporte de moins en moins les éclats de son père.

— Tu le sais très bien, répond ce dernier en engloutissant le reste de sa tartine en une bouchée.

Après quoi, il avale cul sec le contenu de son verre, se lève et monte dans son bureau.

— Pourquoi il a tellement peur qu'on croise Martine ? demande Micka à sa mère.

— Et d'ailleurs, c'est quoi exactement le problème avec Martine ? Parce que, ça non plus, on ne l'a jamais bien compris ! questionne à son tour Lutxia, sans tenir compte du visage empourpré de sa mère qui s'applique à racler son assiette déjà vide.

— Enfin, vous savez bien, elle est devenue un peu dingue avec ses histoires d'écologie urgentissimes et de gouvernement malveillant qui ne pense qu'à s'en mettre plein les poches…

— Et alors ? Pas sûre qu'on puisse lui donner tort là-dessus ! Et, quand bien même, c'est sa sœur après tout ! Ça ne justifie pas qu'on refuse de la voir, si ?

— Votre père ne veut pas entendre parler de ces idées-là. Il faut le comprendre, toute une carrière à servir l'État… Ce n'est pas si facile de faire marche arrière.

— Il a peur de quoi exactement ? Qu'elle nous contamine avec ses théories ? On est grands maintenant, on pense comme on veut et on n'est pas des girouettes !

Micka s'énerve, ce qui est rare. Catherine voit alors en lui le feu qui habitait Pierre quand ils se sont rencontrés…

Lutxia en rajoute une couche.

— Quand même, ce n'est pas une raison pour se couper d'un membre de la famille ! Tu es sûre qu'il n'y a pas autre chose là-dessous ? Il me semble me souvenir qu'avant, quand on était petits, elle était souvent à la maison, Martine. C'est que vous deviez bien vous entendre à l'époque, non ? Et puis, c'est ma marraine…

Catherine tripote machinalement une boule de mie de pain.

— Euh… eh bien… voilà, souffle-t-elle avant de prendre une grande inspiration et de se lancer : il se trouve que votre père croit que Martine est responsable de la mort de vos grands-parents. Il pense que c'est le chagrin de la voir abandonner son travail et son avenir pour se précipiter à corps perdu dans cette lutte qu'ils ne comprenaient pas, qui les a tués. Alors, forcément…

Elle se lève et commence à remballer les fromages en leur tournant le dos, espérant que ses enfants passent à autre chose. Lutxia et Micka se regardent avec des yeux ronds et ce dernier lève ses deux mains, paumes vers le ciel, en signe d'incompréhension.

— Qui veut du dessert ? lance Catherine. J'ai fait un cake au citron !

Une fois le repas terminé, Lutxia s'attarde à la cuisine le temps de nettoyer la table puis monte rejoindre Micka dans sa chambre. Elle toque les deux coups habituels et pousse la porte.

— Tu fais quoi ? s'étonne-t-elle en le voyant debout devant son placard ouvert.

— Je prépare tes affaires, figure-toi !

— Ah oui ? Il va falloir que tu m'expliques comment ça marche tout ça…

— T'inquiète, c'est pas compliqué. Alors… je te passe mon ancien sac à dos pour tout mettre dedans.

— OK.

Elle s'assied sur le lit et le regarde extraire du matériel de son placard débordant de ce qu'elle aurait appelé du bazar. Micka semble pourtant savoir précisément où dénicher ses affaires. Il dégote dans le bas du meuble, entre ses chaussures de ski, un tout petit bouquin de survie.

— Là-dedans, il y a tout. Si t'as un doute, tu cherches par chapitre et tu trouveras de quoi t'en sortir. Jettes-y un œil avant de partir et emporte-le. À mon avis, vu ta grande expérience des nuits dehors, ça serait mieux que tu l'aies à portée de main !

Il fait un clin d'œil amusé à sa sœur et continue :

— Là, c'est mon tapis de sol gonflable. Tu le déplies, et tu le gonfles comme une bouée. Là, c'est ma petite tente igloo. Je n'en ai plus besoin, je dors à la belle.

— Une tente ? Je ne peux pas dormir à la belle étoile, moi aussi ?

— Disons que la toile aide en cas de pluie… ou de trouille ! dit-il en riant, avant d'ajouter : Je te la mets, ou pas ?

— Euh, oui… Je ne voudrais pas rentrer pour quelques gouttes de pluie ! Ça ne me fait pas peur le camping, tu sais ?

— Ça, on en reparlera ! dit-il en riant ouvertement. Je te passe aussi ma gourde, elle a un filtre intégré pour l'eau. Comme ça, tu pourras la puiser dans le torrent, juste à côté. Et le réchaud, je te le mets ? Il a une toute nouvelle cartouche de gaz qui devrait tenir la semaine. Il va falloir que tu prévoies à manger… Même si, tu verras, il y a des fermes auberges partout et en pleine saison, elles sont ouvertes ! Les repas y sont super copieux, un par jour suffit largement. Si tu emportes de quoi grignoter au petit déj', t'es au top.

Elle n'avait rien anticipé de tout ça. Ni le boire ni le manger…

— Et les animaux ? demande-t-elle, inquiète. Ils s'approchent ?

— Ils évitent. Les chevreuils et les chamois sont curieux, mais ils ne viennent pas non plus te regarder la figure pendant que tu dors !

— Et les sangliers ?

— Là, je te conseille de mettre toute ta nourriture dans ton sac et de le suspendre à une branche en hauteur. Ils ne devraient pas te déranger…

Micka s'amuse de voir sa sœur s'inquiéter. Elle a beau tenter de lui cacher sa frousse, il n'est pas dupe.

— Il est encore temps de renoncer, tu sais ?

— Tu rêves… Jamais ! J'suis une guerrière, moi !

Aïe. Une autre peur se retourne et grogne dans le fond de son ventre.

Ses écouteurs sur les oreilles, Lutxia s'enferme dans le son et regarde défiler le paysage avec une apparente indifférence. Elle sent la panique, enroulée comme un petit animal ensommeillé au creux sensible qui se forme là où les côtes s'attachent au sternum. À tout moment elle peut se réveiller et l'avaler comme le ferait un Pac-Man géant. Pourtant, quand le coach tout à l'heure lui a demandé si elle était prête, elle a répondu « oui ». Que dire d'autre, de toute manière ? Il est trop tard pour reculer.

— Tu as mangé ce matin ?

— Non, pas pu.

— Tu mangeras après la pesée. Je t'ai pris quelques trucs. En attendant, bois. Il faut t'hydrater.

— OK.

Elle essaye, mais l'idée même de boire lui donne la nausée. *On verra.*

À l'avant de la voiture, Jéjé fait défiler son fil Facebook comme si de rien n'était. Lorsque Lutxia lui a demandé, tout à l'heure, s'il avait peur lui aussi, il a répondu qu'ils auraient tout le temps de flipper là-bas. Que pour l'instant, ça allait. Il en est à sa cinquième compétition lui… Il lui a tout de même envoyé un coup de coude entendu.

— T'inquiète, on a tous la trouille avant un combat. Même les vieux de la vieille ! Ce n'est pas rien, de monter sur un ring.

Un instant, la fierté l'a submergée : c'est elle qui allait accomplir cet exploit. Puis la peur l'a gobée.

En arrivant sur le parking, dans une banlieue perdue, Lutxia aurait aimé pouvoir ralentir le temps, empêcher que la voiture ne se gare, ne s'arrête, que le moteur ne s'éteigne… Elle fait comme les autres pourtant et sort de l'habitacle. Claque la portière. Le trajet est terminé. On y est… Elle regarde autour d'elle. C'est donc ici que *ça* va avoir lieu ! L'endroit est triste sous le ciel nuageux. Juste un gymnase au milieu de barres d'immeubles. Ça ne paye pas de mine… Elle est déçue.

À l'entrée, elle jette un œil par-dessus l'épaule du coach et aperçoit le ring. Un shoot d'adrénaline lui fauche les jambes. Elle se concentre pour ne pas tomber. La salle est quasi vide et sa vessie va éclater. Au fond, une feuille de papier au mur avec une flèche indique W.C.

— Je reviens !

Elle file et se relâche enfin sur la cuvette des toilettes, porte fermée. *J'y suis, bon sang, j'y suis !* se dit-elle. Elle a du mal à réaliser. Ce sera ici. Dans quelques heures.

À la fois triste et soulagée, elle se rend compte qu'aucun proche ne sera là pour la voir. Elle aurait eu encore plus la pression, non ? En cas de défaite, ou pire, de ridicule… Elle ferme les yeux. Ne pas y penser. Ce réduit est son ultime lieu sûr dans ce bâtiment étranger au sol de plastique bleu.

Elle rejoint Jéjé sur un banc. Le coach papillonne des uns aux autres ; il a l'air de connaître tout le monde ici ! À intervalles réguliers, il les pointe du doigt.

— Ça monte, hein ? lance Jéjé sans regarder Lutxia.

— Je ne sais pas comment je vais tenir…

— On a la pesée dans une demi-heure, apparemment. Ensuite, tu verras, l'attente est longue jusqu'à 19 heures. Tu auras le temps de t'ennuyer !

— Tu stresses pas, toi ?

— Pour l'instant, ça va. On ne connaît pas encore l'ordre de passage. Si ça se trouve, pour moi, c'est pas avant 21 heures, alors…

Un grand gars dégingandé en survêtement vient vers eux et serre la main à Jéjé avant de la plaquer sur son cœur.

— Ça va, gros ?

— Ça va, et toi ? Tu combats ?

— Pas aujourd'hui, je fais le touriste… Et toi ? T'es contre Vadim, c'est ça ?

— Oui… Tu l'as vu ?

— Pas encore. Allez, à plus !

— À plus, mec.

— C'est un gars de Mulhouse, dit Jéjé à Lutxia en reprenant son téléphone. Il n'a pas l'air comme ça, mais sur le ring il défonce ! Il a un crochet d'enfer…

Nouvelle poussée d'adrénaline.

Le coach discute avec un grand Black d'une cinquantaine d'années et fait signe à Lutxia d'approcher. Les jambes flageolantes, elle se lève et les rejoint.

— C'est Lutxia, ma boxeuse, dit-il à l'homme avant de se tourner vers elle.

— Je te présente Amir, l'entraîneur de Mulhouse.

Lutxia se tend. Elle sait que Nadia, qu'elle va affronter, est de Mulhouse. Effectivement, Amir montre une jeune fille sur les gradins, assise seule avec un bouquin.

— Tu vois la fille, là-bas ? C'est Nadia.

Comme par hasard, cette dernière lève les yeux pile à ce moment-là. C'est fou à quel point les gens sentent les regards sur eux ! Amir pointe son doigt au-dessus de la tête de Lutxia, la désignant de manière théâtrale et Nadia leur fait un petit signe de la main, avant de replonger dans sa lecture. *Tiens ? Elle a l'air sympa !* se dit Lutxia, qui lui a timidement rendu son salut.

— J'espère que tu es prête ? Parce que Nadia est au top en ce moment, glisse Amir, un sourire dans les yeux.

— Arrête, ne me la stresse pas ! coupe le coach. Elle est prête, sinon je ne l'amènerais pas ici.

Il fait un clin d'œil à Lutxia, dont les épaules sont collées aux oreilles.

— Ne t'inquiète pas, Nadia n'en est qu'à son deuxième combat. Si tu fais attention à son direct arrière, comme on a vu, tout se passera bien !

— J'espère…, murmure Lutxia.

Mais les deux hommes ne l'entendent déjà plus. Ils ont repris leur conversation sur la conjoncture actuelle, les frasques de la fédération et de son président et les déboires d'un certain Nono qu'elle ne connaît pas. Elle va donc rejoindre Jéjé sur son banc. À peine assise, elle voit le coach se diriger vers eux, l'air sombre.

— Je suis désolé, Jérémy, ton adversaire est forfait.

— Quoi ? Mais… pourquoi ?

— Il paraît qu'il a la gastro. À mon avis, il a la trouille, oui !

— Merde…, jure Jéjé tout bas, et son dos s'arrondit.

— Si tu veux, je te laisse Nadia ? tente Lutxia, pour détendre l'atmosphère.

Ça fonctionne, ils rient et Jéjé lui lance un autre de ses fameux coups de coude.

— Pas moyen ! Tu n'y échapperas pas… veinarde !

— Ça me rend dingue, les gens qui se défilent comme ça au dernier moment ! fulmine le coach.

Lutxia aimerait disparaître. File aux toilettes, à nouveau. Comme si cette porte de carton qui ne ferme même pas jusqu'au sol pouvait la protéger de ce qui s'approche au fur et à mesure que le temps s'étire.

Maintenant, la pesée. Les gars hyper musclés d'abord, tous en caleçon. Puis les filles, plus pudiques, en tee-shirt et short.

— Quarante-huit kilos deux, annonce le toubib.

La secrétaire prend note.

Pour le poids au moins, elle n'était pas inquiète, elle savait qu'elle avait de la marge. Et ce n'est pas avec ce qu'elle avait mangé depuis ce matin qu'elle risquait quoi que ce soit !

Jéjé avait raison : depuis la pesée, le temps a ralenti. Des trois heures qui la séparaient du combat, une seule est passée et Lutxia commence à s'ennuyer. *Il va falloir que je trouve un truc pour ne pas me démobiliser !* se dit-elle. *Penser à quelque chose qui m'énerve pour rester combative ?* Instantanément, des images de Franck lui reviennent en mémoire. Elle l'imagine ici, avec elle… *Pffff, même pendant l'avortement, il n'était pas là, alors…* Dire qu'elle avait cru qu'ils pourraient l'avoir ensemble, ce bébé ! *Quel connard.*

Elle revoit son regard de braise sur elle, pendant les cours. Les bouffées de chaleur qui la prenaient. Ces jours-là, elle traînait à dessein pour ranger ses affaires et, sitôt la salle vidée, il l'entraînait vers le placard, au fond du couloir. Son sang bourdonnait à ses oreilles. Leurs souffles se cherchaient. Dans le noir, il passait fébrilement ses mains sous son pull, arrachait son soutien-gorge, empoignait ses seins. Elle adorait cette précipitation, qui lui disait le désir de Franck. Entre deux baisers, elle lui glissait à l'oreille : *Je suis majeure et vaccinée, on n'a pas besoin de se cacher*... À quoi il répondait : *Tu sais bien que je ne sors jamais avec mes étudiantes.* Mon œil... Elle était ravie. Il faisait donc une exception pour elle !

Le fil de ses pensées est interrompu par un tambourinement contre la porte. Elle quitte les toilettes à contrecœur. Assise dans les gradins, elle regarde distraitement le ring au milieu de la salle. Les images de sa relation avec son prof l'assaillent, comme si maintenant qu'elle avait ouvert la boîte de Pandore, il n'y avait plus moyen de la refermer.

Elle revoit leurs bons moments, tous sexuels, elle s'en rend compte aujourd'hui. Toutes ces fois où ils ont fait l'amour, généralement à la fac. Le placard du fond du couloir était le lieu où ils se retrouvaient le plus souvent, mais il y avait aussi eu les toilettes des hommes le premier soir où elle l'a sucé, la crainte d'être découverte décuplant son excitation. Et ce jour où il l'avait prise contre le tableau, au mépris du risque de voir débouler un prof, ou pire, le doyen ! S'il avait accepté ce risque, c'est bien qu'il était prêt à assumer leur relation, non ?

Lorsqu'elle a compris qu'elle était enceinte, elle a eu du mal à attendre la fin de son cours. C'était le tout dernier de l'année. Il l'avait entraînée dans le couloir. Elle l'avait suivi, essayant de lui dire qu'ils devaient parler.

— Bien sûr, mais viens, on parlera dans le placard…

Elle entend encore sa voix. Ses mains avaient déjà glissé sous son pull quand elle lui avait sorti d'un trait :

— Franck, je n'ai pas eu mes règles…

Il avait stoppé net son mouvement et allumé la lumière. Le néon avait clignoté. Méfiant, il lui avait demandé :

— Tu es sûre ?

— Oui…

Il avait reculé d'un pas, comme si elle avait la lèpre. « Merde… Merde… Merde… » Il avait l'air catastrophé.

— Tu vas avorter bien sûr, hein ? Pas question d'avoir cet enfant. Je ne le reconnaîtrai jamais de toute manière, et si tu dis quoi que ce soit, je nierai tout en bloc. Tu m'as bien compris ?

Elle ne réalisait pas ce qui était en train de se passer. Elle avait imaginé qu'il la serrerait fort contre lui en lui murmurant à l'oreille : « Ne t'en fais pas, on va gérer ensemble. Je suis là… » ou encore « Eh bien, c'est qu'il est peut-être temps qu'on arrête de se cacher ». Elle avait hoché la tête, ne sachant que faire d'autre. Il s'était précipité hors du placard. Dans ce geste, elle avait senti que c'était elle qu'il quittait. Paniquée, elle avait bondi à sa suite, mais il avait déjà disparu. Elle était seule dans ce grand couloir vide. Déchirée de douleur. Incapable de crier.

Quelle conne… Elle avait pris le désir de cet homme, presque aussi froid que son père, pour de l'amour… Elle s'était crue privilégiée, choisie parmi toutes les autres ! Pendant les trois mois qu'avait duré leur relation, elle n'avait plus touché terre, perchée sur son petit nuage rose bonbon tout prêt à lui exploser à la figure, répandant sur sa peau et jusque dans sa chair son mensonge nauséabond. Comment se lave-t-on d'une telle honte ?

Avachie sur le banc de bois qui lui fait mal aux fesses, elle oscille entre culpabilité et désespoir. Une insidieuse envie de tout laisser tomber la courtise, la séduit, la submerge. À quoi bon ? Le coach, qui semble disposer d'un radar l'informant de l'état de sa boxeuse, vient s'asseoir à côté d'elle.

— Ne pense à rien d'autre qu'au combat. D'accord ? Il te reste une heure à tenir. D'ici quinze, vingt minutes, tu pourras te changer, on va bosser un peu. OK ?

— OK, dit-elle d'une petite voix.

Un quart d'heure plus tard, elle est dans le vestiaire à enfiler sa brassière à coques toujours aussi encombrante sous le débardeur rouge, qu'elle complète avec le short jupette de la même couleur avant de mettre ses fines chaussures de cuir noires. *Rouge, c'est mieux que bleu, non ? C'est la couleur du courage*, se dit-elle, cherchant le moindre signe auquel se raccrocher pour ne pas paniquer. Le miroir lui renvoie l'image d'une boxeuse. Elle a du chien, cette tenue ! Et c'est elle qui la porte. C'est bien elle. C'est maintenant. La pression monte d'un coup. Sera-t-elle à la hauteur ? Ses jambes se dérobent.

Ne pas paniquer. Souffler. Ne pas paniquer.

Lorsqu'elle se relève, chancelante, elle perçoit l'environnement comme si elle avait bu, à ce moment délicat qu'on appelle « pompette » où les couleurs sont plus vives et les angles moins nets. Il faut qu'elle aille s'échauffer, le coach l'attend. Elle croise Nadia dans le couloir, dans sa tenue bleue déjà dégoulinante. *Il y a aussi des bleus qui gagnent... Aïe.* Le grand Amir fait travailler son adversaire. Lutxia retient un haut-le-cœur et passe aussi vite que possible, avec dans les oreilles les claquements secs, trop secs, des gants de Nadia contre les pattes d'ours de son coach. Elle n'a plus l'air sympa, Nadia. Plus du tout, même. Et Lutxia se sent comme un poussin mouillé qui a perdu sa maman.

Les larmes se bousculent à contre-courant de l'air qui veut entrer. Elle étouffe, panique, se noie, le coach continue, la pousse, la pousse encore, toujours plus loin. Heureusement qu'elle lui fait confiance ! Elle lui en voudrait à mort sinon. À vrai dire, à cet instant, elle lui en veut… Elle le rend responsable de tout : de l'essorer comme ça juste avant le combat, de l'avoir emmenée dans ce gymnase inconnu, de la mettre en danger à ce point ! Dans un accès de rage, elle défonce la patte d'ours.

— Enfin ! Il était temps ! lâche-t-il dans un rire de soulagement. C'est ça que je veux voir sur le ring tout à l'heure. Tu peux le faire, si tu es ici, OK ? Alors tu fonces, et tu donnes tout. Bois un coup, on va se rapprocher.

Le long du couloir, elle entend les encouragements épars des spectateurs aux combattantes qui se démènent sur le ring. Son corps s'évapore en débouchant sur la salle. Les lumières clignotent. Elle se concentre pour tenir debout.

Ne pas tomber. Ne pas tomber. Pas maintenant.

— Lutxia, ce n'est pas le moment de craquer. Pense à ta rage. Va dans ton ventre et contacte-la. C'est maintenant qu'elle doit servir. OK ?

— OK, coach.

Elle tente de se focaliser sur ses tripes dérangées et sautille sur place pour réveiller ses jambes. En un rien de temps, le speaker clame le nom de la gagnante et les filles passent devant elle, trempées de sueur. *Décidément, aucun sport n'essore comme la boxe ! Dire que tout se joue en quelques minutes*, pense Lutxia en suivant le coach avec sa bassine jusqu'au pied du ring. Il lui enfile ses gants. Les haut-parleurs rugissent les nom et prénom de Nadia, puis les siens. Les jambes flageolantes, elle monte les fameuses marches et se glisse entre les cordes.

Ça y est.
C'est maintenant.
Trou d'air.

Adossée dans son coin, elle ne voit plus que cette fille en bleu. Cette étrangère. L'arbitre vient vérifier qu'elle porte bien protège-dents et protège-poitrine, et qu'elle n'a rien dans les gants. Il s'adresse à elle autant qu'à son coach, leur demandant de ne pas hurler durant le match et de respecter les décisions prises ainsi que l'équipe adverse. Il s'écarte à nouveau, fait signe aux deux filles de le rejoindre au centre du ring.

— Quand je dis : « BOXE ! », on boxe. Quand je dis : « STOP ! », on s'arrête. Quand je dis : « BREAK ! », on s'éloigne. Pas de coups interdits, pas de coups de tête. Respectez-vous. Compris ?

Elles font « oui » de la tête.

— Bon combat.

Les filles se *checkent* le gant et chacune retourne dans son coin. Pour Lutxia, tout ce qui entoure le ring a basculé dans le noir. L'angoisse est si forte qu'elle peine à respirer. Du néant sort le *ting* tant redouté qui annonce le début du premier round. La voix du coach parvient à ses oreilles, lointaine :

— Allez Lutxia, donne tout !

Elle avance, les deux gants devant son visage. Sa rivale est sur elle, avant qu'elle n'ait atteint le milieu du ring. Les deux filles se jaugent, puis Nadia décroche un direct avant dans sa garde. Lutxia ne réplique pas, trop heureuse de n'avoir pas eu mal.

— Lutxia, c'est maintenant !

La voix du coach lui parvient depuis l'abîme qui borde la zone de combat. Au comble de la tension, elle décoche à son tour un direct dans la garde de son adversaire qui riposte avant qu'elle ait eu le temps de revenir par un coup dans le plexus solaire. Cette fois, la douleur monte. Paniquée, Lutxia recule d'un bond et capte la seule voix que chaque fibre de son corps reconnaît :

— Saute pas Lutxia, bon sang !

Combien de fois elle l'a entendue à l'entraînement, cette phrase ! Intérieurement, elle en sourit. Elle s'approche de son adversaire, envoie un direct avant et un bon direct arrière, puis recule d'un petit pas qui la met hors de portée des gants redoutés.

— Bieeeeeen ça, Lutxia ! Continue !

Elle pivote sur son pied gauche tout en décochant un crochet à Nadia qui s'avance. Cette dernière réplique et déborde Lutxia de coups, qui ne sait plus où elle est et recule vers les cordes, épuisée. Heureusement, la cloche sonne la fin du round. Elle n'a même pas entendu le petit *ting* qui annonce les dix dernières secondes.

Elle retourne dans son coin à reculons, attentive surtout à ne pas se casser la figure. Le coach lui essuie le visage, la fait boire. Elle tente de retrouver son souffle, se demande comment elle va tenir encore deux rounds. Elle est entraînée pourtant, et à plus dur que ça ! Mais en combat, tout est différent. Elle se concentre sur la voix du coach.

— … pivots pour sortir, et réplique toujours après les coups. C'est là qu'elle est ouverte. Et Lutxia, observe ton adversaire ! Elle protège mal son foie et elle est plus grande que toi. Quand tu as une ouverture, tu rentres la tête et tu fonces !

La cloche, déjà. Le coach a regagné le noir. Nadia s'approche d'elle.

Observer, observer, il en a de bonnes lui ! Elle n'a pas le temps d'observer. Nadia a compris que Lutxia se laisse vite déborder et la mitraille d'entrée de jeu.

— Sors de là, Lutxia ! SORS !

Mue par la voix familière, elle passe sous le bras gauche de Nadia qui envoie un crochet en direction de sa tête. Satisfaite de son action, elle frappe un peu à l'aveuglette. Elle ne recule pas, c'est déjà ça. Elle ne tient pas longtemps à ce rythme et bien vite son adversaire a de nouveau le dessus. Elle tente un direct vers Nadia et se prend un uppercut dans le menton qui fait valser sa tête en arrière. Elle recule maladroitement de trois pas. Elle a mal et elle est furieuse. Elle sait qu'elle ne s'est pas bien protégée. Elle a encore sorti la tête. Merde…

Piquée dans sa fierté, elle s'approche de son adversaire et la provoque, sans envoyer de coup. Ses poumons sont en feu, elle sent qu'elle va lâcher. Lorsque Nadia décroche un bras, pour tâter sa garde, Lutxia balance un beau direct arrière dans le foie de sa rivale, qui chancelle de surprise.

— Bieeeen Lutxia, continue ! Enchaîne ! ENCHAÎNE !

Elle ne laisse plus de répit à son adversaire. Elle lui marche dessus et envoie deux directs dans sa garde, pivote, lance un crochet avant de se mettre à l'abri d'un pas de retrait. Cette fois, elle a entendu la cloche. Il ne reste plus que quelques secondes.

Quand le *ting* salvateur retentit, elle est sur le point de lâcher. Elle a tout donné.

— Pense à respirer et détends les épaules quand tu ne frappes pas. Tu ne tiendras pas le troisième round, sinon. OK ?

Lutxia n'écoute pas, occupée à discipliner ses poumons brûlants. Si seulement elle avait pu tout arrêter là !

— OK, Lutxia ? insiste la voix qui se fraye difficilement un chemin jusqu'à son cerveau.

Elle le regarde, qui répète :

— Respire tranquillement et décrispe, OK ? Tu perds de l'énergie. Maintenant, il faut juste tenir et envoyer tout ce que tu peux dès que tu sens qu'elle est cuite.

Elle hoche la tête. Il lui replace le protège-dents et sort du ring. *Ting !* C'est reparti.

C'est moi qui suis cuite, pense Lutxia en s'approchant de son adversaire. Ses gants pèsent des tonnes. Nadia semble suffisamment en forme pour la déborder sans arrêt. Elle arrive pourtant à se dégager une fois ou l'autre, mais se retrouve à nouveau dans les cordes. Elle saigne du nez, renifle, le sang continue à couler. Avec le protège-dents qui encombre sa bouche, elle s'étouffe ! La panique n'est pas loin. Elle tente quelques coups rageurs, mais manque systématiquement sa cible. Ce cauchemar dure une éternité avant que la cloche ne sonne, signant cette fois la fin du combat.

Sans surprise, à l'annonce du résultat, c'est le bras de Nadia que l'arbitre lève haut vers le ciel. Le sien reste en bas. Elle essuie avec ses bandes le mélange de morve et de sang sur son visage. Ses yeux coulent et les sanglots se pressent sous son diaphragme tout secoué du drame qu'il se fait, du soulagement, de la défaite. De toutes ses forces elle retient le tsunami émotionnel, crispe les orteils, serre les fesses… *Pas maintenant !* À travers ses larmes qui continuent de dévaler ses joues comme si de rien n'était, indifférentes à la réalité, elle donne une accolade qu'elle espère virile à son adversaire, salue l'entraîneur de cette dernière et passe entre les cordes pour descendre du ring. Déjà, les suivants se préparent. C'est terminé.

— Tu peux être fière de toi ! Tu t'es bien battue ! C'est normal de se laisser déborder, la première fois. Allez, je t'accompagne aux vestiaires.

Le coach ne semble pas lui en vouloir. Lutxia aimerait disparaître sous terre et pleurer tout son soûl. Oui, disparaître et pleurer, rien ne lui fait plus envie à ce moment-là. Mais Jéjé déboule, tout sourire.

— Ouh, elle t'a bien arrangée ! Ça va ?

— Bof, j'ai perdu…

— J'ai vu… Mais tu l'as fait ! C'est intense, hein ?

— Allez, à la douche Lutxia ! intervient le coach.

Elle le remercie en pensée : elle a besoin d'une soupape avant de pouvoir parler. Elle file donc au vestiaire sans demander son reste et laisse couler l'eau chaude sur sa peau et les larmes de ses yeux. Longtemps.

À son réveil, la lumière entre à flots dans la maison silencieuse. Tel un boomerang lancé la veille, la réalité revient la percuter en pleine tête : le combat, le coup de téléphone inquiet de sa mère qu'elle a rassurée pour s'en débarrasser, le sac à dos qui l'attend, tout prêt, dans l'entrée.

Elle se retourne pour consulter son réveil et pousse un gémissement : tout son corps est douloureux. Et il est… 14 heures ! Elle n'avait pas dormi autant depuis longtemps. Elle se passe la main sur le visage malgré le poids de son bras qui semble fait de plomb. Une seconde plainte lui échappe : sa pommette pulse.

Elle boitille jusqu'au miroir de la salle de bains. Sous son œil gauche, un bleu en demi-lune lui donne un air étrange. Au moins, ça n'a pas gonflé ! Le fer à repasser miniature que le coach lui a appliqué a donc eu une réelle efficacité, malgré son apparence d'ustensile de maison de poupée ! Tant mieux. Son nez, quant à lui, est en place. À peine un peu enflé.

Devant la chambre de Micka, elle pousse la porte sans frapper : personne. Elle le savait.

Une marche après l'autre, elle descend l'escalier, dents serrées sur les cris de chacun de ses muscles endoloris.

Je ne vais pas descendre sur les fesses, quand même. Merde ! J'étais sur le ring, hier ! Après avoir avalé deux épaisses tartines de beurre de cacahuète et de miel, elle a encore faim... À moins que ce ne soit un prétexte pour retarder le départ ? Le sac à dos de Micka l'observe, posé sur le carrelage de l'entrée...

Préparer ses affaires, se concentrer sur chaque détail des jours à venir lui a permis de ne pas devenir dingue, la veille. Elle avait eu envie d'y être déjà, au moment du départ. Au moment d'après le combat. Elle ricane. Après la douleur, aussi. Elle avait naïvement pensé que ça ferait mal sur le coup... C'était sans compter sur l'adrénaline ! *Punaise ! C'est pas rien, le ring.* Elle sourit. *J'y étais, bon sang. J'y étais...* La fierté lui fait relever la tête. Aïe, ses cervicales lui rappellent qu'elle a fini par le placer, Nadia, son fameux direct arrière. Elle veut passer une main dans son cou, mais renonce : trop mal à l'épaule.

Elle prend une douche, reste une éternité sous le jet brûlant. Ses muscles apprécient et se relâchent un peu. En sortant, elle boit l'eau glacée du robinet à grands traits : bien s'hydrater le lendemain, a dit le coach.

Elle se sèche en grimaçant et enfile sa tenue d'aventurière : un pantalon noir souple dont les multiples poches à Zip font *badass* à ses yeux et un tee-shirt noir moulant. Par-dessus, son sweat-shirt à capuche malgré la chaleur. Elle se regarde dans le miroir embué, satisfaite de sa sombre allure. Capuchon rabattu sur son visage, ça fait plus théâtral encore. Elle est prête.

Une dernière fois, elle se tourne vers le salon : il n'a pas changé. Le canapé de cuir beige y est toujours aussi peu accueillant, le plancher reluit, on se croirait au palais de Versailles. Rien ne dépasse. Elle soupire. Retour à la cuisine, seule pièce un tant soit peu chaleureuse à ses yeux, avec sa grande table de bois et sa fenêtre immense au-dessus de l'évier. Elle n'a jamais aimé cette maison. Pour autant, maintenant qu'elle a le sentiment de lui dire au revoir, elle resterait bien encore un peu… *Allez, ce n'est que pour une semaine !* se dit-elle pour oublier cette impression qu'elle a d'être un soldat qui part à la guerre, sans être sûr qu'il reviendra un jour. Qu'il reviendra entier.

Les neuf kilos, sur son dos, torturent ses épaules. Elle se sent vide. Grise et vide. Elle abandonne derrière elle tout ce qui a constitué sa vie ces derniers temps. Une vie ratée dont elle traverse les couches comme pour s'en déshabiller. La grande maison froide et rangée de ses parents. Son frère qui n'était même pas là pour son départ. Sa sœur qui ignore tout de sa virée, trop occupée par son fichu Vincent. Le combat perdu dans l'absence retentissante de ses proches. Le vide laissé par Franck. La déchirure de l'avortement… Une larme roule sur sa joue. Les longues journées de son désert, passées à éviter de voir le précipice qui s'ouvre devant ses pieds : pas d'amoureux, pas de couple, pas de grossesse, aucun projet. Plus d'études possibles qui l'envoleraient à l'autre bout du monde. Pas de perspective de travail. La terre à bout de souffle. L'apocalypse à venir. Derrière elle, trois années de licence pour lesquelles elle a sué sang et eau, gagnant un diplôme qui, au mieux, ne la desservira pas trop. C'est que devant elle, il reste des petits boulots ; le genre qu'on prend pour survivre, en attendant, et qui vous recrachent trente ans plus tard les cheveux gris et le cœur à plat.

Ses douleurs physiques s'atténuent. Ou peut-être sont-elles juste à la hauteur de sa douleur morale ? Elle soupire tandis qu'un mélange de tristesse et de paix l'envahit. Que reste-t-il quand on abandonne le passé derrière soi ?

C'est l'âme à poil et les joues striées de larmes séchées que le train la vomit sur le quai de la gare de Munster. Telle une volée de moineaux, les voyageurs s'éparpillent, la laissant seule sous le ciel bleu vacance. Le calme lui saute au visage, l'écrase. Les montagnes l'encerclent, imposantes, vertes, de près. Son téléphone vibre : c'est un message du coach, qui lui demande de ses nouvelles. Elle remet l'appareil dans sa poche. Elle est loin déjà. Trop loin pour répondre.

II

CORPS À CŒUR

Dame Nature aux mille et un visages

donne-t-elle à voir son soleil, ses orages

ou bien est-ce un miroir

qu'elle propose aux paysages

qui en nos cœurs se cachent,

intimes, sauvages ?

Concentrée sur l'effort, Lutxia ne voit pas le monde reculer. Un pas sur le sentier, hisser son corps et son sac, un autre pas, recommencer. Sa respiration s'accélère. Ses muscles s'échauffent. Les courbatures s'envolent. Momentanément peut-être, mais peu importe, c'est bon à prendre.

Un pas. Respirer. Un autre pas. Recommencer.

De temps en temps, elle fait une pause pour se désaltérer et repart sans tarder. Ne pas perdre le rythme.

Un pas. Respirer. Un autre pas. Recommencer.

Le temps coule sur elle. Les cailloux défilent sous ses yeux qui voient sans regarder. Un pied, respirer, l'autre pied, recommencer.

Son mental en surchauffe s'efface devant la monotonie du rythme. Ses cellules se rassemblent en organes qui fonctionnent. Ensemble. Son corps existe.

Un pas, respirer, un autre pas. Recommencer.

Arrivée au Hohrodberg, elle lève le nez et tombe le sac. Son dos est trempé, elle a la sensation de voler. La vallée de Munster, à ses pieds, éclabousse les montagnes de ses villages épars. Ses poumons se gonflent de cet air d'altitude qui lui donne l'impression d'avoir bu une bière trop vite. Elle en siroterait bien une, de bière ! Mais pas tout de suite. Elle veut être sûre d'arriver au coin indiqué par Micka avant que l'obscurité ne tombe, et le soleil, déjà, descend sur l'horizon.

Repartie le long de la crête en direction du col du Wettstein, elle se sent bien pour la première fois depuis des mois. Dire que Micka a parié qu'elle ne passerait pas une nuit dehors ! Un sourire de triomphe se dessine sur ses lèvres tandis que son regard se promène des sommets bleus à la plaine. Elle a l'impression d'être grande, immense même, et toute petite. C'est comme respirer par les yeux.

Bulle de champagne, elle pétille sur le sentier qui grimpe sur les chaumes brûlés puis bifurque sur la droite, dans la forêt. Presque arrivée, elle s'octroie une pause et croque dans son sandwich, baignée par la lumière orangée des derniers rayons du soleil qui a plongé de l'autre côté de la montagne. Détendue, enfin. Son repas terminé, elle s'enfonce dans le bois.

Reste à trouver l'endroit idéal pour passer la nuit. *Facile !* pense-t-elle. *N'importe quel creux entre deux touffes d'herbe fera l'affaire.* Elle dépose son sac et regarde alentour :

Ici, à côté du grand sapin ? Non, la zone est visible depuis le chemin.

Là, entre les arbrisseaux ? Cette légère déclivité la ferait glisser.

Plus loin, à côté du buisson ? Les myrtilliers occupent le méplat.

Et là-bas… Tiens, pourquoi pas ? En déballant le tapis de sol, elle tente de se rappeler les conseils de son frère. Tout semblait si évident depuis sa chambre qu'elle lui avait ri au nez… Soulagée de trouver un embout dans le tissu de caoutchouc, elle y applique sa bouche et souffle. Comme une bouée. Parfait. Lorsqu'elle l'essaye toutefois, c'est pour constater qu'une racine lui laboure le dos. Zut.

La lumière baisse et elle ne sait toujours pas où se poser. Après avoir erré entre les arbres, elle se rabat sur une clairière un peu trop dégagée à son goût, mais plane. Pas de myrtilliers, pas de racine, pas de roche mal placée. Elle y installe son matelas et s'allonge par-dessus. Soupir. C'est ici qu'elle va dormir.

Entre-temps, le vrombissement des insectes s'est tu, le chant des oiseaux se calme et la lumière s'enfuit. Elle sort son sac de couchage et l'étale sur le tapis de sol tandis que la fraîcheur tombe sur la forêt. Frissonnante, elle retire son tee-shirt trempé et le remplace par un sec, avant d'enfiler son sweat-shirt à capuche qu'elle rabat sur sa tête. Elle ne garde que sa lampe frontale, par-dessus. Le reste va dans le sac qu'elle suspend aux branches, plus loin. *J'aurais préféré tout avoir sous la main... Mais bon. Je m'organiserai mieux demain*, pense-t-elle en se glissant dans son duvet.

Autour d'elle la forêt tombe aux mains de la nuit. Apaisée par la douceur des bruits et la chaleur du sac de couchage, elle s'amuse de l'impression qu'elle a de jouer à l'aventurière. Comme si rien de ce qui l'entourait n'était tout à fait réel. Et si elle partait pour de bon ? Quittait tout pour parcourir le monde ? Ne rentrait plus jamais à la maison ?

Les arbres vus du dessous ne sont pas les mêmes que de jour, debout : les branches disposées en soleil autour des troncs sont pure merveille. Leurs ramifications infinies jusqu'aux feuilles donnent le vertige. À travers la canopée, les premières étoiles scintillent dans le ciel encore clair. Les grands végétaux paisibles la prennent dans leurs immenses bras de bois et, doucement, chuchotent pour l'endormir.

CRAC !

Paralysée, les poings serrés, les poils dressés, elle sonde la nuit de ses pupilles dilatées. Le sombre, autour, retient son souffle. Un deuxième craquement suivi d'un bruit de papier froissé libère la forêt. Un petit animal, sans doute, qui vaque à ses affaires. Rien de grave. Elle respire. Ouf. Qu'on est vulnérable, allongé par terre ! Elle aurait dû monter la tente finalement.

Les ombres gagnent du terrain ; les angles disparaissent, les contrastes aussi. Seules persistent des masses sombres aux contours flous, propices à la cavalcade de l'imagination. *Souffler*, pense-t-elle, *ne pas paniquer. Les sorcières sont dans les contes de fées et les esprits maléfiques dans la for... non ! Dans la tête des enfants ! Dans la tête des enfants !*

Souffler. Souffler. Ça va aller.

Tendue, éveillée, elle ne peut s'empêcher de guetter chaque bruit qui la fait sursauter. Elle a l'impression d'être une souris au milieu du salon de ses parents : moustaches frémissantes et oreilles aux aguets. Elle a beau savoir qu'il n'y a personne alentour, elle est prête à faire une crise cardiaque à la moindre alerte. Envolée, l'impression que la forêt la berce !

C'est qu'il y en a, des animaux, des insectes qui s'affairent après le coucher du soleil ! La forêt est vivante. Lutxia est dans son ventre... Elle sent sa respiration dans le souffle de l'air qui froisse le feuillage, la vie de ses cellules dans le fouissement des petits êtres et le sang battre dans son grand cœur tiède. À moins que ce ne soit son propre pouls qu'elle entend dans ses oreilles ? Oui, ce doit être ça. Car elle n'en mène pas large. Qui sait ce qui peut sortir de la nuit ? Et si un dingue se baladait justement ce soir ? Justement ici ? Elle jette un regard circulaire.

Ne pas paniquer. Souffler. C'est peu probable. Allez.

Son cœur manque un battement : à quelques mètres à peine, une forme sombre de la taille d'un homme est tapie, immobile. Elle en est certaine, ce n'est pas la même densité de gris que les buissons. Figée, elle n'ose respirer lorsque l'évidence la frappe : c'est son tee-shirt qu'elle a accroché là, pour sécher !

L'air qu'elle avait retenu en dedans s'échappe d'elle. Quelle nouille… Sûr qu'elle oubliera de raconter cet épisode à Micka ! Un gloussement lui échappe qu'elle interrompt aussitôt, surprise par l'ampleur du bruit qu'elle vient d'émettre, obscène au milieu des chuintements et craquements discrets. Aux aguets, elle écoute, mais… rien. La nuit bruisse autour d'elle. Personne ne vient.

Après un long moment de tension, elle s'enfonce enfin dans les plumes et tente de trouver une position confortable. Elle ne sait comment se mettre pour voir à trois cent soixante degrés autour d'elle. Quoi qu'elle fasse, il y a des angles morts. Quelle poisse… il va falloir qu'elle se repose pourtant ! Elle donnerait tout pour avoir quelqu'un avec elle, à portée de main ou, à défaut, à portée de voix. À l'idée qu'il pourrait lui arriver quelque chose sans que quiconque s'en rende compte, la solitude lui fond dessus.

Ce qu'elle ressent n'est pas le spleen rageux des balades en ville de ces dernières semaines. Non. C'est plus sombre, plus désespéré. Plus absolu. Plus matériel. Sous les traits d'un aigle noir, la solitude atterrit à côté d'elle. L'oiseau immense l'observe dans un silence de mort. Emprisonnée par son regard froid comme l'enfer, elle se sent minuscule, insignifiante et vulnérable. Elle aimerait bouger, mais aucun de ses muscles ne répond : comme si le regard du rapace avait coulé en elle un poison paralysant. Un insecte pris dans la toile d'une araignée… Elle veut hurler, quand l'aigle d'un coup de bec lui troue le ventre. Elle se réveille dans un hoquet.

Il lui faut quatre ou cinq secondes pour se souvenir de l'endroit où elle se trouve. La forêt, autour d'elle, respire et se tait. Son corps est lourd, prisonnier du sac de couchage qui l'enserre. Elle a trop chaud et sa vessie est sur le point d'éclater.

Après avoir vérifié qu'aucun oiseau géant n'est visible, elle s'assied, enfile ses chaussures et ne fait qu'un pas ou deux avant de s'accroupir. Qui la verrait ? Puis elle met la main sur sa gourde et boit à grands traits l'eau tiède qu'il lui reste. Demain matin, il faudra qu'elle trouve le fameux torrent. Elle ne réalise pas que s'il y avait un cours d'eau à proximité, et à plus forte raison un torrent, elle en entendrait le grondement.

Elle ressent le calme puissant, observateur, patient de la forêt endormie autour d'elle. Comme si l'obscurité pouvait tendre la main vers elle et l'attraper. Elle frissonne en repensant à l'aigle et à ses yeux glacés. S'allonge à nouveau. Sans fermer son duvet cette fois. C'est mieux comme ça, un peu d'air circule et elle n'a ni chaud ni froid. Elle se détend, avec l'impression de commencer à gérer la situation : elle est seule dans la forêt, la nuit, et elle a moins peur !

Elle ferme les yeux, se laisse aller. Les bruits cessent un à un. Ils se désintéressent d'elle et partent vaquer plus loin. Elle finit par se retrouver isolée au milieu d'un grand cercle vide. Hors d'elle, la forêt vit et respire, le monde continue. Sans la voir. Sans la remarquer. Comme si elle n'existait pas. Une coquille vide. Même pas. De désespoir, elle rétrécit, rétrécit encore, jusqu'à atteindre la taille d'un grain de sable perdu dans une immensité blanche. Un désert éclairé d'une lueur pâle qui vient de très, très loin. Qui s'approche, s'intensifie, s'approche davantage jusqu'à se trouver de l'autre côté de ses paupières : elle ouvre les yeux.

Immobile dans la lumière sale de l'aube, une femme la regarde.

Engluée dans la toile vivante de ses rêves, Lutxia ferme les paupières pour renvoyer l'apparition au pays de l'aigle noir et des grains de sable. La femme reste là pourtant, flottant dans l'air comme flottent les arbres. Étrangement calme, Lutxia se dresse sur un coude sans quitter la silhouette des yeux. Ses narines se dilatent dans l'espoir de capter le parfum de cette créature oubliée par la nuit qui s'en est allée avant que le jour ne se soit levé. Un éclair roux raye le gris de l'arrière-plan. Un écureuil, sans doute.

Un pied devant l'autre, la femme se tient debout, immobilisée au beau milieu d'un pas. Petite, elle est vêtue d'un pull brun mal tricoté qui cache des formes que l'on devine généreuses. Ses jambes semblent musclées sous un pantalon de toile terminé par des chaussures de marche fatiguées. Épuisées, même.

Dans son visage de lune, les yeux noisette bordés de ridules observent Lutxia, attentifs, calmes. Tristes, aussi. Autour flotte une cascade de boucles poivre et sel à l'exception d'une mèche, sur le devant, vaporeuse, blanche. Lumineuse. *Grande peine portée par une reine*, pense Lutxia ensuquée de sommeil. Une reine. Cette femme est reine de la forêt. En s'imposant à son esprit, cette idée la réveille tout à fait. La réalité reprend le dessus et avec elle monte la gêne : sans doute est-il interdit de dormir comme ça, sans autorisation, dans les bois... Elle baisse les yeux, les relève et s'apprête à parler, mais la femme la coupe d'un mouvement de tête sur le côté. Rien de marqué, non ! Juste assez pour que Lutxia soit sûre de l'avoir vu. Un geste qui veut dire dans toutes les langues du monde : Viens ! Après quoi elle fait demi-tour et se coule dans la forêt sans se retourner.

Abandonnée une fois de plus, Lutxia revit la douloureuse panique du rêve à peine éclaté, bulle de savon dont l'odeur plane encore dans l'atmosphère.

— Attendez..., coasse-t-elle.

La femme s'est déjà éloignée.

Elle bondit hors du sac de couchage, les deux pieds dans la mousse humide de rosée qui trempe ses chaussettes. Merde... Tant pis. Elle les glisse telles quelles dans ses chaussures, cherche son pantalon puis tente de le passer en jetant des coups d'œil affolés du côté de la silhouette qui la quitte, la laisse. Zut, ça coince ! Elle retire ses chaussures, enfile son pantalon et les remet avant d'en nouer ses lacets puis se lance dans la direction qu'elle fixe du regard. Celle dans laquelle a disparu la femme.

Lutxia se hâte sur le sol inégal. Les sapins précipitent vers elle leurs basses branches sèches qui griffent ses joues. Elle trébuche, se relève et enfin aperçoit la silhouette entre les troncs. Ce n'était pas un rêve. Préférant la suivre à distance, Lutxia ralentit. Autant que cette femme, c'est son destin qu'elle pourchasse au cœur de cette forêt aux mille et un visages. L'excitation la prend. Elle pressent l'importance de ces instants. Tressaille. Sourit. Au creux de son ventre, sa vie fait des bonds de cabri : c'est sûr, elle va se retrouver cul par-dessus tête, dans le fossé, ébahie sous un ciel bleu d'été. Libre, peut-être…

Son corps courbaturé bute et trébuche d'autant plus qu'elle garde le regard braqué sur la petite ombre qui clignote entre les troncs. *Quelqu'un a tourné le bouton de l'halogène !* pense-t-elle en s'arrêtant, émerveillée : un rayon de soleil orangé se glisse entre les arbres et éclaire le paysage. La forêt autour d'elle sourit, simple, naïve. Tout le contraire de la nuit ! Des insectes volettent dans les faisceaux lumineux qui forment des taches claires sur le sol tapissé de mousses. La rosée y brille de mille feux discrets, précieux. Les trilles des oiseaux sont si fournis que, pour un peu, ils lui donneraient le tournis. Son cœur se serre, comme si elle venait de perdre quelque chose d'essentiel : la silhouette a encore disparu.

Elle court, évitant les rochers. Saute par-dessus les branches, slalome entre les arbrisseaux jusqu'à l'endroit où elle l'a aperçue pour la dernière fois. Quelque chose lui interdit d'abandonner. Quelque chose qu'elle ne sait pas nommer. Arrivée sur la zone, elle constate qu'un rideau d'arbres dissimule mal une marcairerie : ces fromageries d'été aujourd'hui transformées en masures dans les montagnes vosgiennes. Celle-ci fait face à un grand pré ouvert sur la forêt, traversé par un chemin défoncé. À l'arrière, une avancée de toit glisse presque jusqu'au sol tandis que la cheminée crache droit dans le ciel un ruban de fumée.

Le visage caressé par les rayons du soleil, Lutxia observe le site. Dans sa tête, la logique bataille sec : mieux vaut faire demi-tour et retrouver les affaires de Micka abandonnées sous l'arbre avant qu'un promeneur ne mette la main dessus. Et puis, toute cette histoire de reine de la forêt…

La marcairerie, cependant, attire la jeune femme irrésistiblement. Ou bien est-ce la personne qui, peut-être, y vit ? Faisant fi des remarques de son esprit, Lutxia s'approche à pas de loup, contourne le toit et jette un coup d'œil par la fenêtre sur le rebord de laquelle trois crânes blancs à longs museaux la regardent de leurs trous : à l'intérieur, rien ne bouge. Elle passe le coin du mur, débouche sur le pré survolé par les graines des graminées qui dansent, dans le vent léger. Dessus est garé un quatre-quatre hors d'âge. Devant la maison, cinq gros rochers sont disposés aléatoirement, comme des billes tombées du sac d'un géant distrait. Sur l'un d'eux est posé un bocal au contenu rouge sang. La jeune femme s'en approche et y découvre des fleurs en suspension dans un liquide qui projette sur le caillou son éclat de rubis. Elle se garde bien de le toucher, comme s'il pouvait mordre, ou lui jeter un sort.

Pour se donner une contenance, Lutxia glisse ses mains dans la poche centrale de son sweat-shirt puis se dirige vers la porte d'entrée. Interdite, elle marque un temps d'arrêt : elle est ouverte. Pas grande ouverte, comme si quelqu'un venait de passer, trop chargé pour la refermer. Pas entrebâillée non plus. Ouverte juste ce qu'il faut pour qu'on sache que c'est fait exprès. Elle en est persuadée : c'est bien la demeure de la reine de la forêt. Et elle est invitée.

Une jambe devant l'autre dans la même posture que l'inconnue tout à l'heure, elle hésite. Le demi-tour est encore possible. Intérieurement pourtant, elle sent qu'elle ira. Elle doit en avoir le cœur net. Soupir. Son pied arrière s'arrache au sol et elle avance vers la porte.

Immobile, Lutxia patiente le temps que ses yeux se fassent à l'obscurité. En émerge un joyeux bazar, fait de plantes, de piles de livres, d'un canapé défoncé et d'un poêle à bois entouré d'un impressionnant tas de bûches. *Le genre qu'on s'attend à trouver à l'extérieur, pas dans un salon !* se dit-elle, habituée malgré elle à l'ordre qui règne chez ses parents. Dans un rayon de lumière venu de la fenêtre carrée enfoncée dans le mur de pierres, danse la poussière dans un silence d'église.

Lutxia pousse un soupir et libère ses mains. Il n'y a personne, ici. Elle avance d'un pas qu'elle suspend dans le chahut des battements de son cœur : le cri du plancher a déchiré la paix qui se réinstalle en maîtresse des lieux, lui confirmant qu'elle est bien le seul être vivant en ces lieux.

À petits pas de geisha, dans les couinements du plancher torturé, elle visite l'unique pièce du rez-de-chaussée, au plafond bas rayé de poutres parallèles auxquelles pendent, tête en bas, des bouquets d'aromates. Elle inspecte la minuscule cuisine derrière la demi-cloison sur laquelle repose un fatras de bois de cerfs, emmêlés les uns dans les autres, puis le cellier encombré de cagettes de fruits et de bocaux de légumes, s'étonnant de sa hardiesse. Le simple fait d'être ici, dans cette maison vide, est à la limite du concevable ! Elle jubile.

En revenant vers le coin salon, Lutxia touche du dos de la main une tasse de café à moitié pleine délaissée sur un carton retourné. Une odeur d'épices lui chatouille les narines tandis que la tiédeur de la porcelaine lui confirme son intuition : quelqu'un était là il y a peu. Elle est une détective, une vagabonde en quête de nourriture, une voleuse indiscrète… Cette image la fait sourire : elle aime la sensation grisante de transgresser les règles.

Sur le rebord de la fenêtre, elle attrape une pomme, posée sur une pile de bouquins en équilibre précaire. Le premier a pour titre : *Guide des plantes sauvages comestibles*. À des années-lumière du programme d'archéologie ! À côté encore un crâne, tout petit celui-là. Un chat ? Délicatement elle le saisit de sa main libre, entre deux doigts. *Salut, toi !* dit-elle dans sa tête à la dentelle d'os transparente… Elle est jolie, la mort, ici. Après l'avoir reposé, elle croque dans le fruit en se dirigeant vers l'escalier-échelle qui longe le mur du fond, lorsqu'elle se fige sur le tapis élimé : elle sait ! Cette apparition des bois, la reine de la forêt, c'est Martine, sa tante et marraine ! Martine qu'elle n'a pas vue depuis quoi… quinze, seize ans ?

Les images d'alors lui reviennent en foule : sa marraine, jeune femme aux cheveux noirs et courts, élégante avec du rouge sur les lèvres et des chaussures qui claquent. Elle passait à la maison pour un oui ou pour un non. Elles s'amusaient ensemble à toutes sortes de jeux inventés, la petite cherchant le contact chaleureux des yeux bruns de l'adulte. C'était la période heureuse… Le foyer familial accueillait du monde en un joyeux tourbillon pour d'interminables soirées qui ne prenaient fin qu'au petit déjeuner. La vie semblait légère alors, si légère… ou bien est-ce la fillette qu'elle était qui a repeint ses souvenirs aux couleurs de l'enfance ?

Pensive, Lutxia se remet en mouvement pour grimper l'échelle. À l'étage, des livres nichent sous le toit dans une pièce rien qu'à eux : deux murs en sont recouverts, dans l'un desquels s'ouvre à grand-peine une petite fenêtre. Christian Bobin, Michel Serres, Friedrich Nietzsche : ah, ça, elle connaît ! Le nom, pas le contenu, évidemment. Stephen King, Claudie Hunzinger, Cyril Dion : elle en a entendu parler ! Jack London – elle jette un regard d'envie au tas de coussins et de plaids affalés contre la cloison. Malgré la fatigue, elle résiste à la tentation de s'y blottir pour profiter du calme de poussière et de vent, impersonnel et pourtant plein de douceur, de tendresse presque, qui règne entre ces murs de pierres.

Écartant le tissu qui bouche l'embrasure, elle passe la tête dans la pièce jumelle. Aucune des chambres n'a de porte, ici… Un matelas à même le sol, couette et oreillers en désordre disent la simplicité de la vie. Des bouquins ouverts face contre terre habitent l'endroit. Dans un coin, trois ou quatre piles de vieux journaux et autres carnets semblent dormir.

Sur le mur blanc, une seule photo est épinglée. Lutxia s'en approche : c'est elle sur l'image, tout sourire le jour de ses dix-huit ans, dans le jardin de ses parents. Elle avait l'avenir devant elle, alors ! Aujourd'hui, trois courtes années plus tard, tout a changé… Elle laisse filer les secondes, puis les minutes, les épaules basses et le dos arrondi. Une idée cependant fait son chemin dans son néant : comment cette photo est-elle arrivée jusqu'ici ? Personne, dans son entourage, n'est censé être en contact avec Martine ! Elle se secoue et redescend l'escalier-échelle sans même pousser l'unique porte de l'étage. Elle est pressée de retrouver l'air libre, de chercher ses affaires – ou plutôt celles de Micka.

L'été se déploie dans l'atmosphère vrombissante d'insectes. Elle tourne son visage vers le soleil qui la réchauffe, l'assainit ; elle se sent bien. Le monde noir et agité qui l'a prise à la gorge à la fin de l'année scolaire est si loin qu'il en perd toute crédibilité, toute réalité. Dans la montagne, elle peut souffler. Oublier. Elle va ramener son sac ici et y passer la nuit. Tout, sauf la forêt ! Quel formidable pied de nez à l'ordre établi : dormir chez Martine ! Si son père le savait… Elle sourit et disparaît entre les troncs moussus. Sa démarche est encore maladroite, mais les sapins ne la griffent plus.

Ça manque d'allure, tout ça ! pense Lutxia en tombant sur son campement en déroute : le duvet, ouvert, s'exhibe tête en bas sur une pierre. La lampe frontale pend à une basse branche et le sac à dos, éventré, dégueule son contenu dans l'herbe qui n'a rien demandé. Au pied du buisson gît, trempé, son tee-shirt de la veille. *Allez, va ranger ta chambre !* chantonne-t-elle avec la voix de sa mère avant de s'y mettre.

Ce qu'elle fait tranquillement, entourée de la forêt redevenue ce lieu inoffensif peuplé seulement de verdure, de mousses asséchées par les chaleurs de juin et d'insectes minuscules. En un tour de main, tout est dans le sac. Elle jette un dernier regard à cet endroit, où, mis à part quelques brindilles cassées, rien ne laisse deviner sa bataille avec l'aigle noir, et fait demi-tour. Il ne va pas lui manquer, celui-là.

Derrière le rideau d'arbres, un aboiement bref l'immobilise. Martine est rentrée… et elle a un chien. Lutxia hésite : la journée s'annonce magnifique. Le pré paresse sous une brise légère. Le ciel est d'un bleu parfait. Le soleil est chaud, ce qui, à cette altitude, n'a rien de désagréable. Elle n'a qu'une envie : flâner dans la montagne et tester l'une de ces fameuses fermes auberges dont lui a parlé Micka. Légère comme une vacancière.

Personne ne l'attend, elle peut faire ce qu'elle veut. Ravie de cette liberté qu'elle s'octroie – ou est-ce une diversion pour retarder la rencontre avec Martine ? Peu importe –, elle pose son sac, en sort tout ce qui n'est pas nécessaire pour la journée, qu'elle roule dans le tapis de sol dégonflé, avant de cacher la boule de toile dans un buisson. L'idéal serait de pouvoir remplir sa gourde… Après un instant d'hésitation, elle la fourre vide dans le sac et s'enfonce dans la verdure à la recherche du sentier le plus proche. Elle n'est pas pressée que s'évanouisse la magie des premiers « comment ça va » et autres « ça fait longtemps » des retrouvailles telles qu'elle se les imagine. Peur aussi de devoir quitter cette maison au bout d'une heure ou deux, pour affronter seule ensuite la forêt à l'heure de sa métamorphose. Maintenant qu'elle sait… Un frisson parcourt sa colonne vertébrale.

Car il est exclu qu'elle donne à son frère la satisfaction de la voir revenir à Strasbourg vingt-quatre heures après en être partie ! Elle en entendrait parler pendant des décennies. Non. Elle restera quelques jours dans la montagne, quoi qu'il lui en coûte.

Tout en observant les pierres du sentier qui défilent sous ses pieds, elle pense au coach et à son message auquel elle ne parvient pas à répondre. Est-ce parce que, alors, elle devrait lui dire qu'elle n'est pas sûre de revenir boxer, jamais ? Qu'elle ne veut plus se mesurer au ring, ni à Mehdi, ni même au sac de frappe pour les trente secondes d'accélération qui laissent les bras de plomb ?

Est-ce la honte, au fond ? Décidée à penser à autre chose, elle lève le nez.

Le son des cloches des vaches dans les prairies d'altitude est relaxant et joyeux. *Ça fait authentique*, se dit Lutxia en riant d'elle-même : une parfaite remarque de citadine ! En même temps, elle n'a vécu qu'en ville, au gré de la carrière de son père : Paris, même si elle n'en garde que peu de souvenirs car elle était encore petite ; Marseille, qu'elle avait adorée pour la mer scintillante et le printemps éternel ; Lille et son ambiance étudiante où elle avait laissé Manon ; Rennes, à laquelle elle n'avait pas eu le temps de s'habituer ; Bordeaux puis Toulouse, avant d'arriver à Strasbourg. Normalement, Pierre étant suffisamment gradé, la famille n'aura plus à bouger…

Assise à la terrasse d'une ferme auberge, elle savoure la vue : les montagnes alentour sont rondes, douces, usées par les siècles. Une harmonie se dégage des sommets qui culminent à plus de mille mètres. Autour d'elle des familles, des groupes d'amis, des couples même parlent fort, font de grands gestes et se réjouissent de ce qu'ils ont dans leurs assiettes. Elle se sent nue d'être seule à sa table et réalise que c'est la première fois qu'elle déjeune sans ses parents dans un endroit public. Y grignoter un sandwich entre deux cours, ça, elle l'a fait et refait durant ses trois années d'études. Y boire d'interminables thés en compagnie de son ordinateur, aussi. Mais s'asseoir pour manger un vrai repas sur assiette sans personne en face d'elle, ce n'est pas pareil.

Est-ce pour se prouver qu'elle peut encaisser l'âpreté de la solitude ? La gêne qu'elle ressent à l'idée que les autres puissent deviner son sentiment ? Toujours est-il qu'elle s'est commandé un repas marcaire complet. Elle, pourtant bonne mangeuse et affamée, a eu du mal à arriver au bout de son menu ! Une soupe de légumes en entrée, suivie d'une tranche de tourte à la viande. Jusque-là, tout allait bien. Une portion plus que copieuse de *roïgabrageldi* – pommes de terre en lamelles, cuites pendant des heures dans du beurre, avec des oignons et du lard, disait la carte – en plat de résistance, accompagnée de viande de porc fumé. Là, elle avait déjà l'impression d'éclater. Puis un morceau de l'inévitable fromage de Munster avait précédé le Siasskas, soit un munster à l'étape de fromage blanc, arrosé de crème, de sucre et… de kirsch. Étonnamment délicieux, d'ailleurs ! Même les deux expressos qui ont suivi n'ont pas suffi à tasser ce festin.

Le bouton du pantalon ouvert sous son tee-shirt heureusement assez large pour masquer cette débâcle, Lutxia reprend le chemin en sens inverse. Marcher lui est si pénible qu'elle se trouve un creux à l'écart du sentier et s'y allonge avec un soupir, son sac à dos en guise d'oreiller. Le temps d'apprécier la caresse du soleil sur son visage, tempérée par un souffle d'air et, déjà, elle s'est endormie.

Au réveil, son nez, sa joue et son cou chauffent. Le soleil a bougé dans le ciel et il commence à faire frais. Elle veut vérifier l'heure sur son téléphone portable, mais l'écran reste noir : panne de batterie. Elle se relève en bâillant. Comme le lui avait indiqué son frère, elle n'aura pas besoin d'un second repas aujourd'hui !

Elle avance d'un bon pas sur la ligne des crêtes dans la lumière rasante du couchant. Tout s'apaise autour d'elle, au fur et à mesure que les derniers promeneurs vident les lieux pour redescendre dans la vallée. Lorsque le soleil plonge derrière l'horizon, elle s'arrête le temps d'enfiler son sweat-shirt et repart de plus belle. Les montagnes sont passées du vert au bleu et les contours des buissons s'effacent. Déjà, les pierres s'endorment.

Au moment de quitter le sentier pour s'enfoncer sous le couvert de la forêt, elle a un instant d'hésitation : sous le branchage épais, il fait presque noir. Elle inspire… et se lance. À sa grande surprise, une fois ses yeux habitués, elle y voit suffisamment pour se diriger et constate que tant qu'elle bouge, elle n'a pas peur. C'est même plutôt agréable de se mouvoir dans cet espace sans contours ! Est-ce à cela que ressemble le fond des océans ?

Au bout d'un temps assez long, elle tombe avec un soupir de soulagement sur le fossé et le rideau d'arbres. Vite, elle se baisse à la recherche de la boule d'affaires cachée avant son escapade… mais rien ! Elle se redresse, regarde tant bien que mal autour d'elle… Pas de doute ! Elle devrait être là. *Micka va me tuer*, pense-t-elle. *Et maintenant, je n'ai plus d'autre choix que de dormir chez Martine… Pourvu que ce soit bien elle !* Les certitudes du matin se sont envolées. Le sentiment de bien-être qu'elle avait ressenti dans la marcairerie a perdu toute réalité et la femme aux cheveux gris pourrait aussi bien être une sorcière. Et tout ce noir autour d'elle qui ne fait que s'intensifier…

C'est avec l'impression de se jeter dans le vide qu'elle sort du couvert de la forêt. Les premières étoiles, clouées dans le ciel, s'en foutent. Elle contourne la maison, voit de la lumière par la fenêtre de la cuisine, suit le mur et se retrouve devant l'entrée, à côté de laquelle trône une boîte aux lettres verte fixée sur une branche noueuse enfoncée dans le sol. Elle lève la main pour toquer lorsqu'un concert d'aboiements retentit. Son cœur remonte dans sa gorge. « Patou ! » grogne une voix rauque, et le silence revient. Quelques secondes plus tard, la porte s'ouvre.

Le visage de la femme des bois n'exprime ni surprise ni déplaisir. Juste cette douceur triste qui avait ensorcelé Lutxia, dans la forêt. Les yeux noisette la rassurent sans le savoir : il s'agit bien de Martine. La voix enrouée, elle lâche :

— Enfin ! et fait signe à Lutxia d'entrer avant de filer vers la cuisine.

Après avoir fermé la porte derrière elle, la jeune femme embrasse d'un regard cette pièce qu'elle connaît déjà, s'arrête sur le paquet mal enroulé abandonné sur le tas de bûches.

— Oh ! Mon matériel ! (Puis, en direction de la cuisine :) Merci d'avoir rentré mes affaires !

Aucune réponse.

Au pied du canapé, le gros chien blanc couché ne la quitte pas des yeux. Ce doit être Patou... Ne sachant que faire, elle dépose son sac à dos sous les patères et se rapproche du poêle. Une bûche incandescente réchauffe la pièce plus qu'il n'est nécessaire. Elle tend néanmoins ses mains vers le foyer. Qu'il fait bon être à l'intérieur quand la nuit avale le paysage !

Martine soulève le couvercle d'une marmite fumante et verse la soupe dans deux assiettes creuses. Elle y ajoute une tranche d'une énorme miche de pain. D'un mouvement de tête, elle invite Lutxia à s'asseoir dans le canapé. Patou profite du fait qu'elle s'éloigne du poêle pour se coucher juste devant, les yeux fixés sur la nouvelle venue.

Martine dégage les livres qui encombrent une chaise et commence à manger, l'assiette sur les genoux. Lutxia goûte sa soupe. Sa chaleur lui fait tant de bien que, avant de s'en être rendu compte, elle a tout avalé. Elle continue avec le pain. Lorsqu'elle lève les yeux, c'est pour rencontrer ceux de Martine, sous un sourcil interrogateur. Lutxia se racle la gorge et se lance :

— Je suis là pour une petite semaine. J'ai besoin de réfléchir…

Le regard attentif de sa tante l'encourage à poursuivre.

— Je viens de terminer ma licence d'archéologie… Oui, j'ai fait des études d'archéo…

D'un hochement de tête, Martine lui fait comprendre qu'elle sait déjà cela. Lutxia continue :

— Sauf qu'avec mes notes, impossible d'entrer en master. Et sans master, pas de boulot…

Martine ne la quitte pas des yeux. Lutxia réalise à quel point cette attention lui a manqué depuis que Marie-Lou… Bref. Sans penser plus avant, elle se laisse aller à de nouvelles confidences.

— Sans compter que Franck…

Sa tante plisse le front.

— Oui, mon prof d'histoire de l'art. On est sortis ensemble trois mois et demi. J'y croyais, moi ! Et j'avais imaginé que… enfin… Toujours est-il que quand je suis tombée enceinte…

Lutxia s'arrête net.

— Tu ne dis rien à personne, hein ? Jamais !

Martine promet sans paroles.

— Une fois que j'ai été enceinte, il m'a lâchée comme une merde. Tu aurais vu son comportement ! Il a changé du tout au tout en une seconde. Comme si je l'avais fait toute seule, ce bébé !

Les yeux de Lutxia se perdent dans le vague. Le fait de nommer sa grossesse la rend réelle et du même coup, passée. Derrière. Morte-née. Le regard de Martine reste sur sa nièce le temps que dure son absence, comme une caresse. Lorsqu'elle revient à elle, Lutxia secoue la tête et poursuit, la voix plus grave :

— J'ai avorté, bien sûr. Seule… Tu n'imagines pas comme elle était belle !

Des larmes brillent dans ses yeux.

— Je suis sûre que c'était une fille. Ne me demande pas pourquoi, c'est comme ça, c'est tout. Elle était déjà finie, ses doigts, ses orteils… et elle souriait.

Martine se lève pour déposer son assiette à la cuisine. Lutxia la suit avec la sienne, comme dans un ballet bien rodé. Au-dessus de l'évier, la jeune femme croit remarquer que sa tante s'essuie les yeux. Elle se replie sur le canapé, tout à sa surprise de s'être confiée si vite, elle qui pensait ne jamais parler de l'avortement à personne.

Martine revient avec une bouteille opaque et deux verres à moutarde dépareillés. Elle en tend un à Lutxia et y verse une bonne rasade d'un liquide transparent. Une odeur de mirabelles arrive aux narines de la jeune femme. Elle interroge Martine du regard, qui lève son verre dans sa direction. Eh oui, c'est bien de l'eau-de-vie !

Les arômes sont plus prononcés encore que le fruit dont ils sont issus, mais Lutxia n'aime pas ce breuvage qui lui brûle le palais et l'œsophage à chaque gorgée, si petite soit-elle. Ce soir pourtant, une dose d'alcool est la bienvenue et elle déguste sa mirabelle à petits coups de langue, découvrant en fond de bouche un goût de… verveine, peut-être ? Avant qu'elle n'ait terminé son verre, Martine est à sec et se ressert. Après quoi, cette dernière tend la bouteille dans sa direction et Lutxia se voit avancer son verre qui se remplit à nouveau bien plus haut qu'il n'est raisonnable pour un tel tord-boyaux.

Les joues rougies autant par l'alcool que par la chaleur du poêle, Lutxia se confie sur son dégoût du monde. Elle raconte à Martine à quel point elle se sent impuissante à vivre une vie décente, incapable de trouver un travail à la fois satisfaisant et rémunérateur. Elle évoque l'indépendance dont elle rêve vis-à-vis de ses parents. Elle détaille ses envies d'ailleurs, motivées par la volonté de rupture avec ce qu'elle connaît : ce monde politique corrompu qui partage les ressources entre les riches et les très riches, quoi qu'en pense son père…

Martine acquiesce avec enthousiasme. Elle a déjà rempli son verre un nombre incalculable de fois. Lutxia a la tête qui tourne. Ou plutôt, non, ce sont les murs et le plancher qui tanguent dans la lumière orangée du foyer.

Elle continue par une tirade sur le climat, s'échauffant toujours davantage malgré sa langue qui trébuche.

— Tu… Tu te rends compte ? Une sécheresse saharienne en France ? P… Pénurie d'eau ? Cons comme on est, on va se taper dessus, c'est sûr… Et les incendies ! Et les inondations ! Et les tempêtes… C'est pour dans vingt ou trente ans, ça ! Quand j'aurai ton âge…

Tout est flou autour de Lutxia. Elle ne remarque pas que les joues de Martine sont baignées de larmes qu'elle ne cache plus.

— À quoi bon f… faire quelque chose ? Même avoir des… des gosses est devenu une preuve d'irresponsabilité et… et d'égoïsme !

Lutxia s'enflamme.

— Et tout ça p… pour entendre des vieux cons, comme mes pa… mes parents par exemple, me… me dire que j'ai de la chance ! Et même pi… pire ! Que je suis co… comme un coq en pâte et que… que je n'ai jamais… souffert…

Sa voix se perd dans un sanglot.

Les deux femmes ont vidé leur sac, qu'elles ont étrangement en commun sans le savoir, encore. L'une à pleine voix, l'autre de toutes ses oreilles. Leurs joues trempées en attestent, ainsi que la bouteille que Martine secoue au-dessus de son verre sans qu'une seule goutte en sorte. Juste une feuille vert olive, flasque, qui tombe dans un bruit mouillé.

Elles ont tout bu.

Lutxia se réveille sous les coups de boutoir du sang dans sa tête ; chaque pulsation lui est une torture. Elle ouvre les yeux, mais les referme aussitôt : la lumière les a pénétrés comme le ferait une lame. Au fond de sa gorge, de l'acide s'impatiente. La nausée monte d'un coup.

Avant de prendre tout à fait conscience qu'elle a passé la nuit sur le tas de coussins de la chambre aux livres, elle se lève et se précipite, autant que ses jambes flageolantes le lui permettent, dans la troisième pièce, celle qu'elle n'avait pas pris le temps de visiter, pour vomir le contenu de ses tripes dans les toilettes qu'elle a trouvées d'instinct. Avec l'alcool de la veille, elle y rejette un peu de sa rage, un peu de son dégoût, un peu de sa douleur. Soulagée, elle s'accroche à la faïence blanche comme à une bouée, constatant, dépitée, que les murs ne se sont pas stabilisés.

Le carrelage sous elle est frais. L'absence de fenêtres dans cette pièce la préserve du trop-plein de lumière et de chaleur qui règne en maître sur cette fin de journée d'été. Elle s'endort, là où elle est.

À son réveil, l'étau sur ses tempes s'est desserré. Elle meurt de soif, mais sent qu'elle ne peut avaler que quelques gorgées directement au robinet. Son estomac fait grève.

Sur ses jambes tremblantes, elle passe la porte de la salle de bains. D'un coup d'œil dans la chambre de Martine, elle constate que cette dernière est levée. À la qualité du silence, elle devine qu'elle est seule entre les murs de pierres.

Tant mieux. Elle ne se sent pas la force d'affronter qui que ce soit pour le moment. Prudente, elle descend l'escalier sur les fesses. L'été qui entre à flots par la porte d'entrée grande ouverte bondit vers elle. Une vague odeur lui fait tourner la tête en direction des verres et de la bouteille restés en plan autour du canapé ; elle retient un haut-le-cœur et se dirige vers la cuisine pour trouver les deux assiettes dans l'évier et la marmite de soupe froide sur le gaz éteint. Rien n'a bougé depuis la veille.

Elle ouvre les placards à la recherche d'un grand verre, mais ne déniche que des pots et autres verres à moutarde minuscules. Elle prend donc un bocal et le remplit d'eau fraîche.

Assise sur le seuil, son pot entre les mains, elle regarde l'été bourdonner à travers ses paupières plissées.

Trop de chaleur.

Trop de clarté.

Trop.

Elle se replie sur le tas de coussins de la bibliothèque, son eau posée à côté d'elle. Elle n'a que le temps de soupirer avant de s'endormir à nouveau.

La lumière est douce à son réveil et, ô, miracle !, sa tête est dégagée. Elle se sent légère. Mieux même qu'elle ne l'a été depuis… une éternité ! En bas, elle entend qu'on bouge de la vaisselle. Martine a dû rentrer. Lutxia s'étire une dernière fois, s'assied et avale d'une traite toute l'eau qu'elle s'était préparée. Le liquide frais glisse cette fois avec aisance dans sa gorge, passe derrière son sternum et désaltère chaque cellule assoiffée de son corps qui revit, heureux d'exister.

Dans la lumière du soir, Patou se prélasse devant le poêle encore éteint et Martine, depuis la cuisine, se tourne vers elle en l'entendant arriver.

— Pardon, coasse Lutxia. Je crois que j'ai dormi toute la journée…

Martine hausse une épaule et esquisse un sourire. Ça n'a pas l'air de la déranger ! *Tout est si simple ici*, pense la jeune femme en recevant avec gratitude la même assiette de soupe et son morceau de pain que la veille. Cette fois, Martine se dirige vers l'extérieur et Lutxia, après un instant d'hésitation, la suit.

Sa tante s'assied sur l'un des gros rochers qui se trouvent devant la maison et commence à manger. Lutxia l'imite en se posant du bout des fesses quelques pas plus loin. Tandis qu'elles dînent en silence, Martine regarde autour d'elle avec cette même attention qu'elle avait eue pour Lutxia, la veille. Elle semble se fondre dans l'air du soir, dans les couleurs radieuses que donne le couchant au paysage. Lutxia tente de faire pareil et, doucement, se détend. Son repas terminé, Martine rapporte son couvert dans la maison, claque une main contre sa cuisse pour que Patou la suive et tous deux s'éloignent sur le chemin de terre.

C'est étrange que je me sente bien chez elle, cette femme ne m'a pas dit trois mots depuis mon arrivée et se comporte comme si je n'étais pas là, songe Lutxia les yeux sur la silhouette de sa marraine qui disparaît dans la forêt, le monde assis sur ses épaules de reine.

La jeune femme aussi a envie de se dégourdir les jambes. Mais avec le soir qui tombe, l'idée de se retrouver sous le couvert des sapins ne l'enchante pas. Et quelque chose la retient de rattraper Martine, qui ne l'a pas invitée à la suivre. Est-ce de la timidité ? Pas seulement. Elle sent confusément qu'il faut à cette femme un espace conséquent de solitude, comme si elle avait besoin de s'étendre bien au-delà de son corps. Bien au-delà même de sa maison et de l'été qui la possède de sa douce fureur.

À défaut d'une balade, Lutxia décide de visiter les abords de la marcairerie. En tournant au coin du mur, elle découvre un potager de bonne taille dans un fouillis inextricable de végétation. Martine n'est pas une maniaque du désherbage, ça, c'est sûr ! Une clôture de longues tiges souples tressées sur lesquelles poussent, comme par magie, des feuilles vertes, l'entoure. *Comment elle a fait pour tresser des branches d'arbres vivantes ?* s'interroge Lutxia. L'endroit est charmant. Avec les deux pommiers noueux, il a une âme que seules confèrent aux terres cultivées les années qui défilent. Ainsi qu'une certaine capacité du jardinier à laisser la nature prendre ses aises dans ses plates-bandes !

Les pommes semblent être de deux espèces différentes : celles de l'arbre de devant sont minuscules, tandis que sur l'autre elles sont un peu allongées. À moins que ce ne soit un poirier ? Lutxia pénètre dans le potager par la porte constituée de bâtons croisés – sans feuilles, ceux-là – et se demande ce qui peut bien amener Martine à enfermer ses légumes dans un lieu aussi isolé.

Ici, les tomates poussent en une sorte de jungle rampante sur le sol. Rien à voir avec les tuteurs espacés chacun d'un mètre des voisins, à Strasbourg ! Le long de la clôture, vers le fond du jardin, une rangée de framboisiers attire son regard et la fait saliver. Elle s'en approche et cueille quelques minuscules fruits tièdes qu'elle glisse dans sa bouche. L'arôme compense la petite taille des baies ! Jamais Lutxia n'en a goûté de si bonnes. Elle apprendra plus tard qu'il s'agit de framboises sauvages, qui poussent par endroits dans la montagne à cette altitude. Martine en a simplement repiqué quelques plans dans son jardin.

En continuant sa visite, Lutxia repère ce qui lui semble être un fouillis de légumes racines et de fleurs orangées. Au milieu d'eux, un bâton est planté avec en son sommet, un crâne de bonne taille. *Ses yeux vides empêchent les végétaux de fuir…*, pense Lutxia comme si c'était une évidence. *Et son museau doit servir de perchoir aux oiseaux…*

Contre la clôture grimpe une liane au feuillage vert sombre d'où pendent de longs haricots. À côté, une plante géante aux fleurs grandes comme des soucoupes attire son regard. Leur pistil d'un violet électrique est splendide ! Mais… oh ! À l'une d'elles en bourgeon elle reconnaît un artichaut. Et derrière, cette minuscule cabane de bois… oui… c'est bien une ruche, si l'on en croit le ballet des insectes affairés qui y entrent et en sortent dans un calme désordre !

Lutxia quitte le potager en caressant la sauge aux feuilles grises qui laissent sur le bout de ses doigts leur parfum délicat.

À l'arrière de la maison, sous l'avancée du toit, quelques outils et une caisse en planches attendent le jardinier. Curieuse, elle en soulève le couvercle pour y trouver un marteau, une scie, plusieurs tournevis, une boîte de clous, des gants, un plantoir et des sachets de papier brun annotés à la main qui semblent contenir des graines.

Le reste du mur est masqué jusqu'en haut par un tas de bois joliment rangé, auquel s'adosse un autre tas de bois, un peu moins haut celui-là. Dans une corbeille de bonne taille, des petites branches et quelques copeaux sont sans doute destinés à l'allumage du feu.

Lutxia aspire à pleins poumons l'odeur de sciure : c'est l'une de ses préférées, qui la transporte à cette sortie de classe au cours de laquelle ils avaient accompagné un bûcheron qui leur avait montré quelques-uns des secrets de la forêt. Elle était si heureuse alors, à pouffer de rire pour un oui ou pour un non avec sa copine Manon ! Manon… la seule amie qu'elle ait jamais eue. En la quittant pour un déménagement qu'elle n'avait pas choisi, Lutxia s'était promis de ne plus s'exposer à souffrir ainsi, se répétant qu'elle n'avait besoin de personne pour se sentir bien. Quelque part en chemin, elle avait dû le croire ! Aujourd'hui encore, elle est très solitaire. Qu'est-elle devenue, d'ailleurs, Manon ? Si seulement Marie-Lou n'était pas partie…

Dans un soupir, elle tourne au coin du tas de bois, puis passe devant la fenêtre de la cuisine aux trois crânes blancs et revient à l'avant de la maison. L'herbe y est rase et truffée de plantains à force d'être piétinée. Les cinq grosses pierres disposées là lui font penser à des gnomes, figés pour l'éternité en punition de la curiosité qui les a amenés si près d'une habitation humaine. Est-ce

Martine qui les a ensorcelés, leur infligeant le tourment de l'immobilité pour avoir voulu percer ses secrets ?

Lutxia bâille. N'ayant rien de mieux à faire, elle se rend à la cuisine, rince les deux assiettes à l'eau froide – après avoir attendu en vain qu'elle se réchauffe – et les laisse à sécher à côté de l'évier, avant de remonter s'installer sur le tas de coussins, dans la pièce aux livres. Elle a sélectionné un court ouvrage de Christian Bobin, *L'Épuisement*, qu'elle a la flemme d'ouvrir. Elle rabat une couverture sur elle et s'endort en un fondu au noir parfait.

Au milieu de son sommeil, elle entend Martine rentrer ; ses pas sur le parquet, ceux de Patou aussi. Le ronron satisfait du feu, ses craquements victorieux au moment de prendre d'assaut une bûche bien sèche. La porte du poêle qui se referme. Ces bruits réconfortants ne la tirent pourtant pas de ses brumes. Pas plus les gémissements de l'escalier, plus tard, lorsque Martine rejoint sa chambre. Le froissement des draps, puis le frottement discret des pages qui se tournent. La détente qu'elle ressent a le goût de l'enfance les jours de dispense d'école qu'elle passait dans la chaleur de son lit et les sons rassurants que produisait sa mère en vaquant dans la maison.

Lorsqu'elle ouvre les yeux le lendemain matin, il est encore tôt, très tôt. La lumière pâle de l'aube peine à entrer par la fenêtre. En bas, les pas de Martine font geindre le plancher. Un coup sec, les griffes de Patou sur le sol, la porte se referme et le silence s'installe. Elle est seule. À nouveau.

Rapidement, la journée s'étire. Lutxia branche son téléphone portable, pour constater, dépitée, qu'elle n'a reçu aucun message. Avec la pauvre barrette de réseau qu'elle peine à stabiliser, impossible d'utiliser Internet ! Une forme d'impatience croît en elle. Maintenant qu'elle a suffisamment dormi, elle voudrait qu'il se passe quelque chose, que des gens arrivent, qu'il y ait du mouvement. Du bruit. Des distractions… Au lieu de quoi une mouche vole en rond dans le salon, étirant chaque minute jusqu'à l'insupportable.

Elle a besoin de bouger pour échapper aux pensées qui tournent autour d'elle comme des vautours au-dessus d'un faon, n'attendant qu'un instant d'inattention de sa part pour envahir son cerveau et mordre dans sa chair. Elle est là pour ça : penser, se dit-elle. Mais pas tout de suite. Pas maintenant.

Les yeux de Lutxia se posent sur les vieilles baskets de Martine, laissées sous la veste de toile kaki qui pend au portemanteau. Mue par une idée soudaine, elle se lève et les enfile. Elle saute sur place, constatant qu'elles n'amortissent plus grand-chose. Peu importe, elle va semer ses fantômes. Même le tout petit, le gris comme une souris qui flotte dans sa mare de sang.

À courir dans la montagne éclaboussée de fleurs et grillée par le soleil de juillet, Lutxia a presque réussi à distancer ses angoisses. Même sa colère semble faire une sieste. Ravie, elle rentre à la marcairerie pour trouver sur le pas de la porte toujours ouverte une lettre. Elle ramasse la jolie enveloppe de papier crème sur laquelle on peut lire, tracé à l'encre bleue :

Lutxia Perrot, chez Martine Perrot
Hautes Huttes
68370 Orbey

Un pli au milieu du front, elle la décachette de l'index pour en tirer une feuille, couleur crème elle aussi, recouverte de l'écriture de sa mère. Comment cette dernière sait-elle qu'elle est ici ? Même ce cabochard de Micka, qui n'a toujours pas cru bon de vérifier si elle va bien, ignore où elle se trouve ! Elle fronce les sourcils, s'adosse au chambranle de la porte et commence sa lecture :

Ma Lutxia,

Te voilà maintenant jeune femme, au seuil de ta vie. Je me rappelle, quand j'avais ton âge… Profite de cette belle période

(belle période, mon cul !)

elle peut être ardue, je sais

(ça m'étonnerait),

mais lorsque les souvenirs remontent, des années plus tard, il arrive qu'on ait envie d'y retourner.

(Mais c'est pas vrai ! Elle n'a vraiment aucune idée de ce que je vis, ma parole !)

Les choix qui sont devant toi sont importants

(comme si je ne le savais pas !),

alors, prends ton temps pour les faire. Ne te précipite pas.

(Il me reste au mieux quelques semaines avant la rentrée prochaine ! Je le prends où, moi, le temps ? Je le chie ?)

Et surtout, surtout, ne laisse personne les faire à ta place.

(C'est toi qui aurais dû ne laisser personne les faire à ta place ! Merde…)

Toutes les routes sont escarpées, aucune n'est parfaite

(dans le monde que vous nous laissez, c'est une certitude !),

mais l'une sera celle que tu auras choisie. De ta capacité à faire ce choix dépend la manière dont tu pourras affronter les difficultés à venir.

(Merci pour la pression ! Tu ne crois pas que ça suffit, là ?)

Alors, je t'en prie, prends ton temps. Et sois assurée que, quel que soit le chemin que tu décides de parcourir

(si seulement je l'avais, ce foutu choix !),

je serai toujours là pour toi.
(Ça me fait une belle jambe !)

Ta mère qui t'aime.

Merde.

Lutxia froisse lettre et enveloppe en une boule serrée qu'elle lance au loin dans un geste rageur. Jusqu'ici, au fin fond de nulle part, elle est poursuivie ! Ce n'est quand même pas sa faute si sa mère a laissé son père l'enfermer à la cuisine ! C'est elle qui aurait dû assumer ses choix en ne faisant pas de gosses peut-être ! Ou en terminant ses foutues études de psycho d'abord...

Les mots, coincés dans sa gorge depuis trop longtemps, menacent de la faire exploser. Dans un réflexe de survie, elle se met en garde et commence à boxer. Elle frappe le vide face à elle, retrouvant les déplacements de son corps enregistrés dans le répertoire des postures de combat.

Direct avant, direct arrière, déplacement, crochet, uppercut, pas de retrait : elle boxe sa mère qu'elle aurait voulu admirer. Sa mère, qui aurait dû s'appliquer à elle-même ses super conseils il y a bien longtemps déjà, plutôt que de la charger du poids, trop lourd, des rêves qu'elle a abandonnés. Sa mère qui aurait dû deviner, être là...

Souffler, frapper, souffler.

Crochet, crochet, uppercut, pas de retrait, direct arrière : elle fracasse Marie-Lou qui l'a laissée tomber, ainsi que leur enfance, pour ce Vincent froid comme un caillou en hiver.

Frapper, souffler, frapper pour survivre.

Direct avant, direct arrière, esquive, crochet, pas de retrait : c'est Franck qu'elle cogne en pleine figure, visualisant le sang qui gicle de son nez trop parfait. Elle suffoque.

Souffler. Souffler. Frapper encore. Souffler.

Crochet, crochet, uppercut, pas de retrait et direct arrière : dans les dents de ce mensonge énorme qu'on lui a rabâché toute son enfance : les études, c'est l'avenir. Mais quel avenir ?

Souffler, ne pas lâcher, pas encore. Souffler.

Direct avant, direct arrière, pas de retrait, direct arrière, pour mettre KO ce système croulant qui veut l'asservir, la condamnant à payer toute sa vie pour les autres sans jamais pouvoir s'offrir de quoi profiter pleinement. Elle halète maintenant.

Souffler. Souffler. Souffler.

Crochet, uppercut, pas de retrait pour tous ces vieux qui se sont gavés de plastique et de croissance et laissent derrière eux une nature souillée, une planète agonisante, sans se préoccuper une seconde de ce que vivent les nouveaux arrivants dans cette ambiance de fin du monde. Merde, pouvoir faire des enfants sans avoir à se demander s'ils vont pouvoir respirer devrait être la moindre des choses !

Dans le chaos de son essoufflement, un sanglot lui échappe, première goutte de pluie qui abat la bourrasque. Ses bras tombent et, enfin, tout son corps. Roulée en boule dans la fraîcheur de l'herbe, elle pleure à gros bouillons. Rien d'autre n'existe que ce malheur profond avec lequel elle doit se débrouiller : sa vie ne sera pas ce qu'elle est censée être.

Quelque chose de frais sur son nez la réveille : avant même d'ouvrir les yeux, Lutxia a reconnu Patou. Elle le laisse lui renifler la figure puis, quand il éloigne sa truffe en se léchant les babines, elle se redresse, étonnée du soir qui s'est installé d'un coup. Le grand chien assis à côté d'elle, langue pendante et regard au bout du pré, bat le sol de sa queue. Ne voulant pas effaroucher cette nouvelle amitié, elle se retient de le caresser. Martine aussi doit être rentrée… Le visage de la jeune femme se ferme. C'est forcément elle qui a prévenu sa mère de sa présence ici.

Sa tante est dans la cuisine, lui tournant le dos avec obstination. Elle hésite une seconde, marquant un temps d'arrêt : elle aimerait lui demander des comptes, lui dire qu'elle lui en veut, qu'elle l'a trahie, lui annoncer qu'elle va partir pour ne plus jamais revenir. Seule, elle souhaite être seule. Oui, mais… pas la nuit dans la forêt. Alors, elle va rester. Dans un soupir, elle renonce et monte se doucher à l'eau froide.

Avant de redescendre, elle allume son portable et envoie un message à Micka : « Tout va bien, ne t'en fais pas. Si tu veux récupérer ton matos, je suis chez Martine. » La réponse ne se fait pas attendre : « Je sais. Papa est furieux. T'inquiète pour le matériel, j'ai emprunté le nécessaire à Joe. »

On dirait qu'il s'en fout. Qu'ils s'en foutent tous ! La poitrine serrée, Lutxia descend pour le dîner. Les deux femmes mangent sans un mot sur les genoux des gnomes. Son repas avalé, Lutxia se dirige vers la porte d'entrée pour rapporter son assiette quand quelque chose attire son regard sur la boîte aux lettres verte : une étiquette blanche sous une épaisse couche de scotch indique *Martine et Lutxia Perrot*. Les yeux ronds, elle fixe le petit carré de papier : Martine et Lutxia Perrot… ça signifie que… Elle se tourne vers sa tante qui l'observe, sourire aux lèvres.

— Merci, souffle la jeune femme en baissant la tête.

Elle a honte, soudain, d'en avoir voulu à Martine qui l'accueille sans conditions au moment de sa vie où elle en a le plus besoin. Certes, ce n'est pas la guerre, ses parents sont gentils, leur maison assez grande, elle le sait. Mais il faut qu'elle fasse le tri. Qu'elle comprenne ce qui lui donne cette envie de s'enfuir et de mordre qu'elle culpabilise de ressentir. Qui lui pompe toutes ses forces.

Martine ferme ses paupières bien fort avant de les rouvrir, en signe de « avec plaisir, je suis là ». Puis elle se lève et s'éloigne sur le chemin. Pour la première fois, elle est partie sans Patou, qui reste assis dans l'herbe à regarder Lutxia en remuant la queue.

— Viens ! lui dit-elle en claquant sa main sur sa cuisse comme elle l'a vu faire à Martine.

Ce soir, elle n'est plus seule : le grand chien blanc ne la lâche pas d'une semelle et sa présence la rassure. Vidée par son récent orage intérieur, elle se détend et hume l'odeur de la forêt. Elle se sent bien ici. Rien ne l'oblige à redescendre. Tant pis pour l'année qui démarrera en septembre ! Tant pis pour l'indépendance financière qu'elle n'aura pas. Tant pis aussi pour les voyages en pays lointains censés la libérer de tout ça.

Elle ne veut plus lutter, mais vivre. C'est tout. Respirer. Et prendre le temps d'apprivoiser sa violence. Sans nez qui saigne ni douleur aux pommettes. Sans challenge. Les semaines, ou les mois nécessaires. Et merde à tout le reste.

Elle ne répondra pas au coach. Il comprendra.

S'asseyant sur un rocher, elle passe son bras autour du cou de Patou. « S'il le faut, j'habiterai ici pour toujours, avec toi et ta maîtresse », lui souffle-t-elle.

Un éclair rouge attire son attention tout au bord de son champ de vision : elle tourne la tête et fixe l'endroit. Elle n'a pas peur, le chien est là. Au bout de quelques secondes, l'éclair jaillit de derrière un tronc et s'immobilise : un écureuil roux à la queue brun sombre est en arrêt sur sa branche. Émerveillée, elle entrouvre les lèvres mais déjà, en deux bonds souples, il a disparu. À la place : une feuille jaune d'or tremble parmi les vertes. L'été ne durera que deux mois. Ensuite, l'automne viendra. Et ce n'est pas grave.

— Allez, mon vieux, on rentre à la maison.

L'herbe du pré est jaune paille et grise, brûlée par le soleil assis immobile dans le ciel monochrome. Les journées paressent jusqu'à tard le soir dans la douceur de l'air. Ici, on respire même en plein midi. Les touristes l'ont compris, qui prennent d'assaut la route des crêtes et ses fermes auberges.

Lutxia se délecte de ces présences joyeuses en de longues marches qui la ramènent à la marcairerie en fin d'après-midi. Les jambes en compote, elle se déchausse et c'est pieds nus qu'elle plonge dans le fouillis de livres qui, chaque nuit, la regarde dormir. S'envole loin de tout. Vit mille vies en une, oubliant la sienne entre les pages, les mots, les phrases. Après une cavale avec *L'Astragale,* elle visite le cosmos avec *Sidérations* puis découvre *Nous rêvions juste de liberté*, ivre de grands espaces, une moto entre les jambes. Après quoi son cœur bat à petits coups tout doux pour un enfant handicapé dont elle est le frère, la sœur et les parents dans *S'adapter*. À peine l'a-t-elle reposé que Tiffany McDaniel l'emporte dans le tourbillon de l'enfance de Betty et ses sept frères et sœurs prise en tenailles entre merveilles et horreur. Dans *Euphorie*, elle écrit des poèmes, fait des tartes et dit et lutte et pleure et hurle à l'écrit contre la vie qui la déchire avec Sylvia Plath. Les romans sont pour Lutxia des passages secrets vers l'excitant de l'existence. Ils font bouillonner son sang tant que dure l'histoire qui toujours la laisse choir dans la maison silencieuse. Avec une patience de vieux sage, l'ennui l'y attend. La tire par la manche, de plus en plus insistant.

Le soir, devant la salade de légumes du jardin avec sa tranche de pain rassis, Martine observe sa nièce. Sous le regard noisette qui l'enveloppe, Lutxia murmure ce qu'elle a sur le cœur :

— C'est que… Je m'ennuie un peu, sans projet ni rien. Les romans ne suffisent plus… Le temps dure si longtemps, ici !

Le visage de Martine s'adoucit.

— C'est vrai que dans le silence, je dors super bien ! Mais dès que je me réveille le matin, j'ai envie d'entendre le bruit des gens… Tu comprends ? Je me sens nue, sans les bruits… C'est pour ça que je vais marcher. Pour voir du monde.

Martine hoche la tête, sans la quitter du regard.

— Tu as vécu ça toi aussi ?

Le hochement de tête s'élargit.

— Mmmh… et ça t'est passé au bout d'un moment, rassure-moi…

La tête de Martine bascule sur le côté et sur ses lèvres naît un sourire qui pourrait vouloir dire oui, ou non, ou pas tout à fait..

— Aïe… Je ne veux pas y retourner pour l'instant. Je ne me sens pas prête à affronter les parents, tant que je ne sais pas quoi faire… Ça me tue, de ne pas avoir de projet. D'envie claire. Tu comprends ?

Sans attendre de réponse, Lutxia replonge dans son assiette. Leur repas terminé, Martine, au lieu de repartir comme elle le fait toujours, monte l'escalier pour le redescendre aussitôt avec deux livres qu'elle tend à sa nièce. Machinalement, cette dernière les prend et lit le titre du premier, à la couverture beige cornée : *Le Miracle Spinoza*, de Frédéric Lenoir. Sa tante attrape un stylobille, le lui donne et sort dans la lumière du soir sans plus d'explications.

Interdite, Lutxia reste plantée là, son stylo dans une main et les livres dans l'autre. Elle les tourne et les retourne pour constater que le deuxième n'est pas un livre, mais un carnet. Après s'être installée confortablement dans le canapé, Patou allongé à ses pieds, elle en ouvre la couverture jaune : il est vierge. Ses doigts caressent le grain du papier, puis attrapent le stylo et en posent la pointe sur la première page. Sans penser plus avant, elle le laisse s'animer.

Un premier trait se fait lettre, puis mot, puis phrases qui dessinent à l'encre bleue les paysages, le soleil et le vent, le pelage du grand chien et l'été dans la montagne. Le repas marcaire du Seestaedtla se fait une place dans la balade. Puis apparaissent la marcairerie, et le tas de coussins qui lui sert de lit, ou plus exactement de nid dans la pièce aux livres qui abrite ses nuits loin du monde-ogre qui l'attend, en bas. Ce monde brûlant tout prêt à l'engloutir si elle redescend, comme il a englouti sa souris grise au si joli sourire, ses espoirs, ses rêves. Sa vie de mère. La vivra-t-elle un jour ? Ses larmes sont amères. C'est en serrant le carnet contre elle qu'elle monte se coucher. Ses souffrances, d'être exprimées, lui sont devenues chères. Douces, presque.

Le lendemain, au lieu d'aller marcher, Lutxia ouvre le livre beige à la couverture cornée. Il lui faut plusieurs jours pour en venir à bout, tant elle a envie de n'en rien louper. Pour elle, il représente une fenêtre vers le monde subversif de Martine, seul être, avec le chien Patou, dont elle se sente proche. Ou du moins pas trop éloignée.

Au départ, elle est surprise d'y voir autant parler de Dieu. Mais la curiosité aidant, elle s'applique à comprendre chacune des notions proposées, ce qui, tout en étant relativement aisé, requiert toute son attention.

Un mot après l'autre, les phrases forment des concepts qui structurent sa pensée, construisent sa conscience d'aller vers ses désirs, de décider pour elle-même et d'agir en conséquence. Avec pour garantes de sa direction, sa joie et sa raison… Comme un bouton de rose, Lutxia s'entrouvre et s'enivre du parfum subtil de la liberté qui accourt chaque fois que quelqu'un trie ses idées, fait des choix, prend ses responsabilités.

Au fil des pages, elle a touché du doigt une partie de ce contre quoi elle se rebelle si fort : les croyances, érigées en vérités au cours des siècles dans bien des domaines. Croyances qui ont, depuis, su se cacher si bien en nous, si profondément qu'il est devenu difficile de les démêler de nos pensées propres ! Et ces croyances, précisément, empêchaient Lutxia d'être attentive à ce qu'elle ressentait, prisonnière qu'elle était de ce qu'elle croyait devoir ressentir. De ce qu'elle croyait devoir être pour que les autres l'aiment. Son bouillonnement interne a bien failli la noyer…

Pensive, elle regarde le mur face au canapé. Peut-être n'est-ce pas son père, après tout, qui lui barre la route… Ni même sa mère… Avec la douceur d'un rayon de soleil de fin de journée, la possibilité que ses révoltes, sa rage et ses refus lui appartiennent, se pose sur elle.

Le mois d'août apporte ses orages. Dès la mi-journée, on peut voir dans le ciel les cumulus monter en graines. En un lent bouillonnement de leur magma blanc, ces agneaux célestes se font champignons nucléaires qui étendent leurs ombres sur la terre, occultant le soleil. Prisonniers sous leur immense semelle, les êtres, les animaux, les plantes et les insectes se tendent vers la pluie qui, seule, peut délivrer leurs poitrines oppressées.

Les randonneurs vident alors la montagne. Les derniers se pressent vers leurs voitures qui disparaissent des parkings d'altitude. Lutxia se prend à aimer ces moments d'explosion imminente qui, paradoxalement, la calment. Des éclairs rayent le ciel noir dont les grondements de bête sauvage, lointains d'abord, se rapprochent. Le vent souffle en rafales.

Pour profiter en grand de ces mini-apocalypses dans lesquelles la nature se libère du trop-plein de chaleur qu'elle encaisse, Lutxia emporte désormais le vieux sac de son frère lorsqu'elle part marcher. Dedans, elle glisse une Thermos de thé brûlant, son portable éteint, une veste légère et un bouquin. Aujourd'hui, c'est *Le Très-Bas*, de Christian Bobin. Étonnée encore d'avoir lu d'un trait *L'Épuisement* du même auteur, qui ne parle pourtant que du quotidien banal d'un monsieur seul, elle en veut davantage. La manière dont les mots de cet homme ruissellent lui fait penser à de l'eau de source glacée, délicieuse. Bien plus désaltérante que n'importe quelle boisson sucrée, bourrée d'édulcorants, aussi écœurante qu'un suspense artificiel. Ici, au cœur du livre, elle a eu la sensation fugace d'être revenue à l'essentiel. Pourvu que *Le Très-Bas* lui fasse le même effet… Elle a tant besoin de beauté.

Lorsque les premières gouttes, énormes et tièdes, éclatent sur la canopée, elle repère un amoncellement de grosses pierres moussues au-dessus du sentier. Vite, elle escalade le talus et se glisse dans une anfractuosité de la roche, à l'abri. Elle a juste la place qu'il faut pour s'asseoir, les bras autour de ses genoux remontés contre sa poitrine, son sac entre son dos et les crêtes et les creux du granit, derrière elle. Le ciel craque et déverse son eau sur les arbres torturés par des rafales furieuses qui, bientôt, s'apaisent. *Petite pluie abat grand vent…*, a-t-elle lu quelque part, récemment.

La forêt se gave de ce miracle. L'écoulement des grosses gouttes et le chuintement des petites nettoient l'atmosphère. Lutxia emplit ses poumons des parfums exaltés : mousses, humus, lichen sur les pierres chaudes, résine et boues tièdes. Lorsque la pluie se fait bruine, quelques minutes plus tard, elle se contorsionne et ouvre son sac. Après avoir enfilé sa veste, elle se sert un thé dans le couvercle de la Thermos et souffle dessus, pensive. Pas sûr qu'aujourd'hui, elle lise…

Autour d'elle, l'humidité erre en volutes blanches qu'accrochent les sapins. Lutxia respire et se dit que oui, petit à petit, elle progresse. Elle avance. Elle s'apaise. Il y a longtemps, songe-t-elle, qu'elle n'a plus boxé d'ombres. Cette idée la redresse. Elle secoue sa tasse vide et la revisse à la Thermos, enfile sa veste légère et se remet en route parmi le *plic ploc* des gouttes.

Dans le brouillard mouvant, des fenêtres s'ouvrent avec vue sur la vallée, un lac ou la forêt. Insatiable, le dragon cotonneux les avale aussitôt, bougeant au ralenti comme le ferait un paresseux. *C'est l'automne qui tâte la montagne*, songe Lutxia. Qui la prépare. Pour lui, certains arbres se parent déjà de quelques touches d'or. Bientôt, il sera là.

En accrochant près du feu sa veste détrempée, Lutxia rêve d'un bain chaud. Ici, l'eau est glacée. Comment fait Martine quand il gèle dehors ? Cette interrogation en entraîne une autre, plus épineuse encore : pas une seule fois Lutxia n'a entendu sa tante utiliser la salle de bains. Pour ce qui est des vêtements, elle les lave à la main et les étend devant le poêle, sur un séchoir pliant. Mais pour son corps ? Intriguée, la jeune femme se résout à poser la question.

— Dis, Martine, tu ne prends jamais de douche… Tu… tu fais comment ?

Sa tante se tourne vers elle, sourire aux lèvres. Elle attrape sa veste kaki et lui fait signe de la suivre. La pluie a beau s'être arrêtée, Lutxia n'a aucune envie de ressortir ! Elle enfile pourtant ses chaussures qui couinent de n'avoir pu sécher, beurk !, et se précipite derrière Martine qui contourne déjà le potager et pique tout droit vers la forêt.

La suivre rappelle à Lutxia son arrivée ici. Elle a l'impression que c'était hier, et qu'hier s'est beaucoup éloigné. Autant que la jeune fille qui n'avait devant elle que quelques jours pour inventer sa vie ! Deux mois plus tard, elle n'a rien trouvé. Rien cherché non plus. Enfin… si !

Il y a les livres, qu'elle n'a pas cherchés mais rencontrés, à la marcairerie : la philo, bien sûr, qui l'aide à ranger sa tête. La transforme. Et puis les multiples romans, aussi, qui petit à petit lui apportent un tissu plus dense de possibles. Lui permettent d'envisager que les choses ne se passent pas comme prévu. Jamais comme elles devraient. Et pas seulement pour elle ! On vit avec. On vit malgré. Ou peut-être grâce à ces accidents qui nous font ajuster nos directions ? Parmi ces pensées nouvelles se glisse une dissonance discrète. Lutxia ne l'entend pas. Ou ne veut pas l'entendre, peut-être… Tout à ses souvenirs, elle en oublie Martine, qui comme la première fois, disparaît.

Elle court au-devant du grondement qui s'approche, arrive essoufflée en haut du talus et découvre sa tante, nue dans le bassin d'une petite cascade. Elle se cache les yeux puis regarde à nouveau : Martine rit dans l'eau.

— C'est ça, alors ? C'est ici que tu te baignes ?

Hochement de tête.

— Tous les jours ?

De nouveaux hochements de tête, ravis.

— Même en hiver ?

Le sourire de Martine s'agrandit encore. Elle hoche la tête une troisième fois.

— T'es dingue…, dit Lutxia, comme pour elle-même, puis, plus fort : je rentre à la maison, OK ? Ça caille !

Martine lève un pouce hors des remous qui l'entourent et Lutxia fait demi-tour. Elle n'en revient pas. Quel personnage ! Brrrrr… L'humidité pénètre sous la peau et donne envie de chaud. Quel courage il faut pour se déshabiller et se plonger dans l'eau ! Décidément, Martine est quelqu'un d'atypique. *Pas étonnant que papa ne s'entende pas avec elle !* se dit Lutxia dans un sourire, heureuse d'être ici.

Les semaines qui suivent, la montagne pleure son vide, la pluie effaçant jusqu'au souvenir du soleil. Martine ne semble pas dérangée par cette humidité : elle enfile sa veste de toile et sort, comme elle l'a toujours fait. Prise au piège du temps arrêté dans la marcairerie désertée, Lutxia se saoule de lectures. Son esprit roule et se tord, s'affûte, s'affine et saute d'une histoire à l'autre puis tombe sur *Les Grands Cerfs*, de Claudie Hunzinger. Là, elle s'immobilise. Tombe. Rêve avec l'autrice entre les sapins sombres, accrochés aux versants orientés nord des forêts qu'elle a parcourues tout l'été. Qu'elle connaît. À l'affût de ces bêtes aux bois vivants qui la peuplent, elle retient sa respiration jusqu'à entendre battre entre les pages le cœur noir de cette nature sauvage. Ses yeux s'ouvrent avec effroi sur le théâtre de la traque sans merci de ces troupeaux aux mille secrets par des hommes avides de trophées. Des grands sages que sont ces cerfs qui perpétuent, à travers les âges, les rituels garants de la survie de leur espèce ainsi que de l'équilibre des forêts vosgiennes.

Après avoir lu la dernière page, bu la dernière phrase, relu les derniers mots, *Sauve-toi !*, Lutxia ferme la couverture souple tout doucement, comme on ferme la porte de la chambre d'un enfant après avoir vérifié qu'il dort tranquillement, qu'il est bien couvert, qu'il n'a pas de fièvre. Sur la pointe des pieds on quitte ce monde de paix pour vivre quelques heures pour soi sous l'ampoule du salon dans un état voisin du sommeil qui s'en vient.

Longtemps, Lutxia ne bouge pas ses membres engourdis pour rester dans l'atmosphère hypnotisante de la forêt de Claudie. La forêt qu'elle a laissée à la pluie. Depuis quand n'est-elle pas allée se balader ? Deux semaines ? Trois, peut-être ? Elle se tourne vers la fenêtre : gris. Bruine. Frais. Oxygène. Vie. Elle pose le livre et sa paume dessus, quelques secondes qui veulent dire : merci. Et aussi : je reviens.

Prise d'une urgence, *Sauve-toi !* , elle enfile ses chaussures de marche, sa veste et sort. Dès le pas de la porte, un vent froid chargé de gouttelettes glacées lui fouette le visage. *Sauve-toi !* Elle entre la tête dans ses épaules et contourne la marcairerie pour plonger sous le couvert des sapins. C'est la forêt des grands cerfs, qu'elle recherche. Ces *tonnerres de beauté* qui vivent là, tout près. Discrets. Grandioses. Habitants d'un univers parallèle fait d'ombres et de clairs de lune quelque part à mi-chemin entre le roman et le jour.

Pour la première fois, Lutxia ne se dirige pas vers les chemins ouverts, avec vues dégagées sur les vallées et la plaine, pas vers les lacs de montagne ni vers les fermes auberges. Elle remonte les pierriers, arpente les versants peu fréquentés, lutte dans les pentes et découvre une nature austère, sombre, sauvage. Les hêtres sont devenus braises. Comme elle. Quelque chose se déploie dans sa poitrine. Ou bien plus bas ? Une faim. Une tension. Un désir… un besoin. Oui, un besoin. Elle a tant pensé, ces derniers mois. Trop ? Elle rejette le flot qui profite de la question pour envahir sa tête. *Sauve-toi !* Prise dans le magma d'idées qu'elle ne parvient plus à trier, elle a oublié son ventre. Son centre. Sa chair. Et la forêt, dont elle est une cellule. Sa puissance qu'elle ressent dans la plainte du vent qui tord les cimes au-dessus d'elle, dans les gouttelettes de ciel qui remplissent l'air dont le froid, déjà, annonce l'hiver.

Elle a beau savoir que la terre est fragile et l'homme son parasite, la nature, vue d'ici, règne sur la vie. Réelle. Immense. Concrète. Les montagnes usées par des milliers d'années la remettent, elle, l'humaine, à sa place de fourmi dans l'univers. Même pas : de poussière. Et si la fin du monde n'était qu'une chimère ? Un cauchemar ? Un fantasme comme cette vie parallèle de mère qui la tire par la manche lorsque s'éternise le silence ? Cette existence non vécue dans laquelle elle aurait été, elle aussi, une mère bien terne aux yeux de sa fille ? Pensée qui lui est amère et douce à la fois. Qui l'apaise.

Avec délices, ses pieds fourragent dans le tapis de feuilles mortes qui crissent malgré la pluie qui insiste. Autour d'elle, tout n'est que couleurs, jaunes, oranges, rouges et vert sapin. Un dernier virage et elle débouche sur le pré. Gris. La marcairerie. La douche glacée qu'elle s'impose avant de s'affaler sur le canapé, dans le salon surchauffé par le feu de bois qu'elle a relancé d'une bûche bien sèche. La soupe avec Martine que la nuit a ramenée auprès du foyer. Et la soirée, immense, devant elles. Tranquille à perdre haleine.

Lutxia s'accroche à ses idées nouvelles, plus radicales, plus volumineuses avec l'espoir enfantin que son volcan s'éteigne, si elle ne le voit pas, caché derrière. Alors elle ferme les yeux, de toutes ses forces. *Sauve-toi !* Et elle s'endort.

Réveillée à l'aube après une nuit profonde comme un puits avec la sensation d'être aussi immatérielle que tout ce qui l'entoure, Lutxia flotte hors des contours imposés par le jour. La chambre, la bibliothèque, le tas de coussins, les piles de journaux et de livres planent dans une atmosphère de gris ni gais ni tristes.

Lutxia s'étire, repousse ses couvertures, se lève, bâille et s'approche de la fenêtre. Dehors, le monde immobile vit ce moment spécial qui n'appartient qu'à lui, lorsque l'obscurité l'a quitté sans un bruit tandis que le soleil, qui l'ignore encore, paresse dans son lit. Un moment dont elle ne connaissait rien avant que sa fuite ne la dépose ici.

Au départ, elle ne les voit pas, tant ils se fondent dans le paysage. Puis l'un d'eux bouge, attirant son regard sur leurs deux masses sombres dans le fond du pré. Lutxia force ses yeux à faire le net, devine ce qui reste et se fige… oui ! Ce sont des cerfs ! Son cœur cogne à tout rompre dans le silence qui l'entoure. Elle voudrait lui demander de se taire, *Chut, pas maintenant, ils vont t'entendre*, mais ils n'entendent pas et Lutxia les observe une minute, une heure, une semaine, elle ne sait plus. Le temps n'a ici aucune importance. Aucune consistance.

Les grands animaux prennent corps dans le jour qui pâlit ainsi que démarre un rêve. Une brume blanche flotte au-dessus du pré, transparente, presque. Le plus impressionnant lève sa tête couronnée vers Lutxia, comme s'il sentait son parfum, sa présence. Pas possible à travers la vitre et à cette distance… Il a des bois immenses, un pelage sombre, une attitude royale. Lorsqu'il s'incline pour brouter à nouveau, elle réalise qu'elle avait arrêté de respirer. Subjuguée par leur beauté, leur délicatesse et leur majesté, elle pense à la formule de Claudie : *un tonnerre de beauté*. Elle a raison. Tellement.

Lorsqu'un rayon de soleil allume le paysage dans un charivari de sifflements d'oiseaux, les cerfs se mettent à l'abri sous le couvert des arbres. Lutxia se sent aussi pure que le spectacle auquel elle vient d'assister. Aussi paisible. Aussi fragile. Maintenant qu'elle sait ces bêtes traquées sans aucun égard pour les besoins de leur espèce, elle s'étonne de voir que c'est leur nature qui a le dessus. Pas le stress. Ce sont eux, les rois de la forêt. En aucun cas les humains.

Chamboulée, elle met quelques minutes à voir que le ciel est bleu. Enfin. Le cœur en fête elle choisit un bouquin vite, vite, elle veut sortir. Nietzsche, *La Généalogie de la morale* ? Pourquoi pas. Depuis le temps qu'elle se demande ce qu'a bien pu écrire ce type pour qu'on en parle encore tant d'années après sa mort… Son sac, sa Thermos, son gros pull et hop ! La voilà dehors.

Les couleurs éclatantes des feuillages contrastent avec le vert sombre des sapins au-dessus desquels le bleu des cieux invite à la rêverie. À l'introspection. L'odeur riche de l'humus et des champignons repaît l'âme, charriant dans son sillage une mélancolie lumineuse qui se prête à regarder passer un nuage en remuant doucement, tout doucement, les émotions qui nous habitent.

Après un copieux repas de midi dégusté à la terrasse de sa ferme auberge préférée, Lutxia se repose. Installée le dos contre le chaume tiède, après une éternité à observer la valse des feuilles jaune d'or qu'un bouquet de bouleaux aux troncs blancs sème dans l'air transparent, Lutxia soupire d'aise et sort son livre de son sac qu'elle cale sous sa tête. *La Généalogie de la morale*... Voyons voir...

Lorsqu'elle le referme, les ombres sont longues et son cœur fait des bonds. Cette lecture jouissive a ouvert le champ de ses possibles à lui en donner la fièvre. Comprendre d'où viennent ces notions de bien et de mal qui nous encombrent sans dire leur nom, c'est déjà s'en libérer un peu et respirer plus grand. Désormais, elle veut être la seule à juger de ce qui est bien et de ce qui ne l'est pas, pour elle. Construire son propre système de valeur. Et laisser derrière elle la petite voix qui sans cesse lui rappelle la vie qu'elle aurait eue avec un ventre-planète et la perspective d'un accouchement pour Noël. Elle pense n'avoir pas de regrets, mais... Pas de culpabilité, non plus... quoique... Chaque fois qu'elle regarde l'image de l'oisillon souriant qui lui avait adressé de son bras-cure-dents un au revoir dans une mare de sang, elle ressent le besoin de le faire exister un peu. Fût-ce par la pensée... Une larme s'échappe et le froid la saisit. Elle frissonne, s'ébroue, remet le livre dans son sac et reprend la direction de la marcairerie.

Sur le chemin du retour, elle coupe à travers pente et tombe nez à nez avec un troupeau de chamois. Éparpillés sur le versant, ils broutent et se reposent. Immobile, elle en compte dix-sept avant de s'enhardir à s'approcher au ralenti de l'un d'entre eux qui mâchouille, couché dans un trou d'herbe. Parvenue à quelques mètres de lui, Lutxia s'assied sur ses talons et le regarde ruminer le paysage, ses yeux de velours à la longue pupille noire perdus dans la vallée embleuie de soir.

Sans y penser, la jeune femme glisse une graminée à la tige sucrée entre ses lèvres et le mordille, devenue chèvre de montagne. *Nulle part je ne me suis sentie libre comme ici*, se dit-elle. Et aussi que la rencontre avec les chamois est une chose qu'elle aimerait partager avec un enfant, un jour.

Son volcan semble oublié. Éteint. Passé. Le sera-t-il jamais ?

Les premières gelées crispent la montagne qui vire au brun rouille et se fane. Les dernières feuilles tombent des arbres, les sapins se taisent, les oiseaux s'endorment. La terre se prépare à l'hiver et Lutxia se réveille tard, le matin. Bien après le soleil. Elle hiberne, se dit-elle en s'étirant comme un chat.

Ensuite elle sort, elle marche, elle lit, tâchant de trouver son rythme, ses repères dans cette drôle de vie sans y parvenir tout à fait. En fin d'après-midi, déjà s'avance la nuit qui ramène Martine à ses casseroles. Ragoût de lapin, légumes mijotés, les deux femmes se régalent dans le salon surchauffé lorsque retentit un cri qui les immobilise : rauque, puissant, vaguement dérangeant. On le croirait venu du fond des âges, après avoir déchiré la toile du temps pour nous attraper le cœur et le broyer dans son poing serré.

— Qu'est-ce que c'est ? demande Lutxia, affolée, à sa tante qui a filé vers la fenêtre.

Cette dernière se retourne avec un immense sourire et mime des bois au-dessus de sa chevelure désordonnée.

— Les cerfs ? Ce sont les grands cerfs qui font ce bruit-là ?

Martine hoche la tête.

— Oh ! laisse échapper Lutxia. C'est le fameux brame, alors ? Claudie Hunzinger en parle dans son bouquin !

Longtemps, les deux femmes scrutent la nuit : mais rien. Le pré semble désert.

Ce n'est qu'une fois pelotonnée dans les couvertures, bien au chaud parmi ses coussins, que Lutxia entend à nouveau le mugissement des grands cerfs dans la forêt. Ce cri lui retourne l'âme et la fait frissonner. Il parle de désir masculin, brutal, entier. Il parle de sexe. Elle se blottit plus étroitement dans son nid et écoute le chant étrange déchirer le silence.

Cette nuit-là, un galop sourd la tire à demi du sommeil peuplé de rêves dans lequel elle se débat. Ou bien est-ce un rêve de tambour, qu'elle fait ? Son cœur suit le martèlement furieux qui arrive sur elle, l'entraînant toujours plus avant dans le noir de la forêt, toujours plus profond dans le creux de son ventre. Quand il s'éloigne et disparaît, elle n'est plus que chair palpitante sur le tas de coussins. Elle n'a besoin que de quelques secondes pour provoquer la jouissance qui explose en elle comme un abcès géant, la renvoyant sans transition dans un sommeil de plomb.

Dans le carnet jaune, l'écriture de Lutxia se tord et se tend sous l'effet d'une impatience qu'elle refuse de sentir. Une urgence comme celle qui traverse vos semelles puis vos mollets, votre ventre et tire tout votre corps vers le ciel d'encre que déchire un éclair blanc. Les cheveux dans le vent, vous devenez cri, tempête, bruit jusqu'au coup de tonnerre qui vous rend à la terre, grondé par Dieu lui-même. Tout petit. Vidé. Anéanti.

Ce n'est pas l'orage qui éclate, pourtant, mais la neige qui recouvre le paysage de gros flocons immaculés la semaine suivante. Dans le silence épais assis sur la marcairerie, Lutxia découvre la féerie des millions de figures géométriques qui transforment la moindre branche en chef-d'œuvre de détails. Le soleil, quand il frappe ces statues de cristal, en fait de pures merveilles. Des miracles. Elle s'empresse de sortir, emmenant Patou pour de longues promenades dans le blanc à l'odeur piquante qui crisse sous ses semelles. Éblouie par la beauté de novembre, la jeune femme a envie de rire à gorge déployée. Vivifiée par le froid, par la limpidité qui coule en abondance et envahit son sang qui accélère sa course, elle lève son visage vers le ciel, bras écartés et pousse un long cri silencieux. La puissance de la nature la fait vaciller, tituber comme un oiseau ivre de trop de liberté. Lutxia en perd le nord et la trace de cette vie de chimère qui partout l'accompagne : le ventre-planète qu'elle aurait, bosselé par les coups de pied d'un petit être qu'elle aurait hâte de rencontrer. La valise avec dedans une chemise de nuit et de minuscules vêtements de bébé qui attendrait dans l'entrée. Son souffle court, son corps gorgé de cette existence nouvelle et l'envie qui monterait de voir venir l'apocalypse qui la délivrerait…

À la même époque, le Seestaedtla se remplit du vacarme des vacanciers venus profiter de la petite station du Tanet pour se dégourdir les skis. Pour s'y rendre, Lutxia lutte dans les congères, s'imaginant tour à tour alpiniste à la conquête des cimes et vieux loup solitaire. L'effort physique la draine si bien qu'il ne reste plus en elle qu'une envie de rencontre, un besoin de partage, un désir de contact lorsqu'elle arrive dans la salle surchauffée par le poêle à pellets toujours allumé. Confusément, elle sent qu'elle cherche dans cette ferme auberge bien autre chose que la tarte aux pommes tiède. Mais autour d'elle, les regards sont satisfaits, les appétits comblés, les couples et les familles constituées. Elle n'a plus qu'à rentrer à la marcairerie prendre une douche glacée.

Hélas, comme souvent, le mois de décembre apporte la pluie. Une semaine plus tard, la neige devient une boue grise qui traverse les chaussures de marche épuisées de Lutxia qui peste, les pieds glacés et l'âme gercée. Le Seestaedtla se vide. Pour la première fois de sa vie, elle passera les fêtes loin de sa famille. Cette décision est un direct envoyé à l'aveuglette vers la plaine. Ou un appel… Sa gorge se serre. La réalité est qu'elle craint ce moment qui aurait dû être celui de son accouchement.

Seule, elle pourra pleurer tranquillement toutes les larmes de son corps. Se saouler de forêt. Dormir, si elle préfère. Oublier. Sans rien avoir à raconter. À expliquer. À justifier. Pourvu que l'année se termine vite. Et que la suivante commence. Nouvelle. Blanche.

Lutxia, qui auparavant privilégiait les vues dégagées et les sentiers tout tracés, se coule maintenant entre les troncs, dans les creux de vallons obscurs que de grandes pierres de granit moussues rendent solennels. *Des paysages tout droit sortis de légendes !* pense-t-elle, s'imaginant volontiers en héroïne des temps passés.

Tout à son cinéma intérieur, elle s'enfonce plus avant que d'habitude dans le fouillis de branches. Tout semble triste sans le manteau de neige qui donne à l'hiver sa magie. Pas une fleur bien sûr, peu d'oiseaux dans les nids. La forêt, figée dans la lenteur de la durée, se tait. À l'orée d'une clairière, elle tombe sur un abri de chasseur abandonné, dont l'échelle est emprisonnée par un entrelacs de lianes d'églantier aux baies rouge sombre et fripées, accrochées parmi les épines acérées.

Lui reviennent en mémoire les scènes d'affût décrites par Claudie Hunzinger dans son roman *Les Grands Cerfs*. L'espoir d'assister à un « tonnerre de beauté », qui s'use avec l'attente jusqu'à se transformer en visite de ces petits riens qui font ici le monde... Que verrait-elle en restant immobile ? Combien de vies secrètes se déroulent en parallèle de la sienne, sans qu'elle les soupçonne ? En se griffant les jambes, elle grimpe à l'échelle.

Dans le minuscule abri, elle s'assied sur le banc et s'accoude au rebord de la demi-cloison. Vu d'ici, tout est paisible dans la clairière, en bas. Seuls quelques chants d'oiseaux et le vent dans les cimes habitent ce lieu sauvage, austère. *L'idéal pour disparaître du monde quand on est un grand cerf !* pense Lutxia, que l'envie d'une rencontre avec ces animaux chatouille chaque jour davantage. Elle n'arrive à les apercevoir que de loin, dans le pré. Et encore, pas toujours. Les yeux dans le vague, elle rêve à ces corps bruns, puissants. Elle y rêve si fort qu'elle en devine l'odeur et le sommeil la cueille, la tête sur le bras.

Des halètements rauques lui parviennent, réveillent son bas-ventre avant son esprit. Dans un gémissement, elle entrouvre les paupières. Il lui faut un moment pour tout se rappeler : la forêt, l'abri de chasseur, la clairière… au milieu de laquelle un couple est emmêlé. Instinctivement, elle se recule dans l'ombre. Les corps nus roulent dans la mousse humide, la femme prend le dessus. Stupéfaite, elle ne distingue plus que la crinière grise de lionne qui danse comme une flamme de cendre.

Elle voudrait ne pas avoir vu, être ailleurs, loin. Mais elle est là et ne peut détourner le regard. Martine se cambre, ralentissant son mouvement devenu langoureux tandis que l'homme pétrit sa peau blanche sur laquelle collent des débris végétaux. Sa voix rauque gémit, à peine reconnaissable. Sa partenaire n'émet aucun son. Quand d'un coup il la retourne, Lutxia ne respire plus. Elle a trop chaud. Elle voit Martine à plat ventre contre la terre froide, les fesses dressées comme celles d'un animal. Son compagnon les plaque contre le bas de son ventre dans un râle, qui fait chavirer la jeune femme depuis son observatoire. Elle devine à sa tête levée vers le ciel que c'est le feu d'artifice.

Il s'affaisse sur le corps blanc qui se tourne. Les amants se font face, jambes nouées en une étreinte silencieuse au milieu des vêtements épars sur le sol humide et froid. Les yeux de Lutxia se mouillent. Au fond de l'abri, elle laisse couler ses larmes. Elle aussi désire qu'on la prenne dans les bras, qu'on la serre, qu'on la masse, qu'on la pétrisse. Son corps a faim. Désespérément faim de sexe, de caresses, de tendresse. Bref, de lien… Le vide qui l'habite est profond jusqu'au vertige. Comme si elle venait de perdre quelque chose d'immense. D'essentiel. Un morceau d'elle-même.

Une fois les amoureux partis, elle erre entre les sapins en direction de la maison, avec au creux du ventre une combinaison explosive de feu et de vide. Demain, c'est Noël, et elle n'en a rien à faire. Telle une louve elle rôde, devinant sous l'écorce des arbres la sève qui montera des profondeurs, annonçant la saison des accouplements avec le mâle dominant. Les petits de l'année précédente sont morts ou sevrés depuis longtemps. Partis. Manquants.

À l'approche de la marcairerie, elle se sent attirée par le grondement du torrent et, avant d'avoir réalisé qu'elle s'y rend, elle est devant la cascade. Nue. Elle veut être au contact des éléments, que quelque chose la touche enfin, fût-ce le froid. L'air caresse sa peau, attise le feu dans son bas-ventre. L'impression de braver un impossible la fait sourire tandis qu'elle plonge une jambe, puis l'autre dans l'eau tranchante comme mille couteaux.

Vite, elle s'assied dans le bassin. Le froid la saisit dans son poing, lui coupe la respiration. Elle s'applique à inspirer, puis expirer pour que son organisme se calme au milieu des remous qui chahutent sa chair. L'énergie liquide court sur son corps et la morsure glacée se fait cruelle sur ses poignets. Déjà, ses pieds sont engourdis. S'extirpant du torrent dans un éclat de rire, elle s'étonne de la chaleur qui afflue sous sa peau : elle est nue et mouillée dans la forêt en plein mois de décembre, et elle n'a pas froid !

Bourrée de vitalité, dynamisée et euphorique, elle se sent forte. Puissante même. Toute-puissante, presque. Elle s'assied sur une pierre le temps de sécher, quand, sous ces yeux, un caillou jaillit. Intriguée, elle s'en approche et s'agenouille : il s'agit d'un crapaud gris qui a l'air de sortir à l'instant du sommeil. Elle s'immobilise pour ne pas l'affoler et il se remet à bouger. Il gravit la pente devant lui, déplaçant ses pattes avant comme un grimpeur qui cherche où s'accrocher, puis étend ses longues jambes fines et élégantes, hissant ainsi son corps à la peau granuleuse d'un centimètre ou deux. Puis, d'un mouvement coulé impeccable, il renouvelle l'opération. En trois fois il est arrivé en haut et fait un bond maladroit avant de reprendre sa démarche fluide pour avancer : patte avant, patte arrière, l'une après l'autre, pousser, recommencer.

Lutxia en reste bouche bée : la façon de bouger au ralenti de cette bête visqueuse au ventre flasque est hypnotisante de grâce. À vrai dire, elle n'a jamais rien vu de plus beau. Des larmes brouillent sa vision. La beauté, parfois, vous attrape le cœur tout entier et le broie.

Après s'être rhabillée, elle se glisse le long du cours d'eau en furie, prince guerrier qui l'a acceptée en son lit. Ses doigts glacés courent encore sur sa peau, la faisant frissonner sous son sweat-shirt à capuche. Elle se sent invincible, fiancée secrète des forces sauvages, sexuelles de la forêt. La nature est un cri dans lequel le sien se perd.

Le torrent s'enfonce dans une gorge profonde qu'un tronc mort traverse. Lutxia, sans penser, y pose une chaussure et s'élance au-dessus du gouffre. Que peut-il lui arriver ? Elle jette un coup d'œil au vide grondant sous elle et son pied glisse sur le bois humide.

III

CŒUR EN CORPS

L'amour se transforme,

se tait.

Ose, se brise,

renaît.

La souffrance se déguise.

Impassible,

elle rit

et tue

sans bruit.

Ne sommes-nous qu'un décor

pour leurs ébats

infinis ?

Elle n'est plus. Elle est bien. Un *biip… biip… biip…* habite le lointain. Puis, rien.

Une tache orangée apparaît. Ou bien non ? Le vide l'entoure.

Une éternité plus tard, ou peut-être un instant, un trait roux raye le néant. Derrière elle, une lueur fauve, encore. Elle aime cet éclat.

Un brouhaha enfle puis s'éteint… *biiip… biip… biip…* Le rien revient.

Dans le silence se posent du blanc, du gris, du vert esquissant un espace minuscule qu'avale l'obscurité. Dedans, dehors, peu importe.

Des taches rousses clignotent, joyeuses, et disparaissent.

Des sapins. Partout, autour, des sapins. Envahissants, ils pénètrent par la fenêtre, colonisent, protègent. Odeur de sous-bois. Les aiguilles la bercent. Elle est bien. Ses amies les taches rousses, précieuses comme la vie, l'entourent.

Elle se détend, se dilue, se dissout, accepte en elle tout. Un éclair brun-roux s'approche, puis fait demi-tour. Sa queue touffue lui caresse la joue. D'un bond il disparaît. Un autre passe sa tête en forme de noisette par la fenêtre. Ses oreilles velues frémissent. Un écureuil ! Et là : un autre !

Ils sont nombreux dans le minuscule habitacle, où certains ont même construit leur nid. De l'un de ces amas de feuilles, mousse et branchages émergent des petits aussi poilus que leur mère, laquelle s'évertue à les ramener encore et encore au bercail.

Elle sait. Tout.

La paix de la cabane des écureuils est parfaite. Un grésillement vient la déranger mais elle se réinstalle, souveraine comme la surface d'un lac que pas une ride ne trouble à la tombée du jour.

Les sons parasites reviennent toutefois, insistants, intrusifs… *biip… biip… biip…* Lutxia se débat comme on nage à contre-courant pour rester dans la douceur des petits animaux. Malgré ses efforts, un brouhaha lointain mêlé de *bips* désagréables et de frottements l'atteint, la gêne. Heureusement, il n'est pas permanent. La paix, toujours, revient.

Tout comme les bruits qui la martyrisent, la poussent dans ses retranchements. Des fragments d'images s'y ajoutent, blessant son néant : un coin blanc, une vague silhouette, un peu de mouvement. Au milieu de cette tranquille apocalypse apparaît une tache ; elle est rousse. Surprise et aimantée par cette couleur aimée, Lutxia cesse de lutter… *biiip… biip… biip…* mais la tache disparaît. Elle ne sait plus : continuer à se battre contre le courant qui forcit pour remonter vers la cabane aux écureuils ? Ou suivre le flot malgré le vacarme vers l'autre tache fauve ?… *biiip… biip… biip…* Lorsque cette dernière réapparaît, Lutxia sent qu'elle veut la rejoindre. À tout prix. Elle fait des efforts pour s'en approcher, pour la voir... *biip... biip... biip...* Plusieurs fois, pourtant, elle s'évanouit. Les sons s'intensifient et deviennent permanents... *biiip... biip... biip...* sur de longues périodes... *biiip... biip... biip...* De cette confusion, seule émerge la tache rousse et Lutxia lutte... *biiip... biip... biip...* lutte, jusqu'à distinguer sa forme, qui se précise en silhouette. Elle l'aime, c'est tout ce qu'elle sait. Elle l'aime et veut être avec elle. En elle. Pour toujours.

Un autre jour de vacarme... *biiip... biip... biip...* la silhouette se précise et... elle reconnaît sa maman-écureuil penchée au-dessus d'elle ! Sa voix lui est familière... Catherine... Soulagement et tristesse déferlent, la submergent et l'emportent. Le monde bascule, les bruits se taisent. Les bips disparaissent.

Dans ses moments d'éveil, Lutxia cherche la présence rousse de sa mère. Quand elle l'aperçoit, il y a parfois un reflet argenté, lumineux à ses côtés. Il arrive que le reflet argenté soit là tout seul. Lutxia aime sa vive tranquillité qui lui rappelle la forêt. Le reflet ondule alors et lui parle d'une voix rauque qui éveille de la chaleur dans le creux de son ventre. Elle adore ça.

Avec le temps, l'argent ternit en gris et une folle chevelure émerge du brouillard, portée par une petite femme aux formes douces... *Martine...*, souffle Lutxia, mais pas un son ne quitte sa bouche de plâtre.

Il y a autour d'elle d'autres silhouettes et d'autres voix, dont une grave qui lui fait du bien. Elle peine à s'y accrocher, mais apprécie ces vibrations qui, chacune, réveillent en elle des sensations.

— ... phases d'éveil... non, progressivement... lui parler... pas encore...

Elle perd le fil... *biiip... biip... biip...*

Une autre fois, c'est une voix flûtée qui chante plus qu'elle ne dit :

— Bonjour, bonjour ! Comment va-t-elle, aujourd'hui ?

Puis tout s'efface dans la lumière.

Un beau jour, ou peut-être une nuit, la cabane aux écureuils qu'elle n'avait pas visitée depuis une éternité est juste là, à portée de main. Elle s'approche, aimantée par la paix qui, déjà, la gagne quand ses entrailles vibrent, traversées par un son rauque saturé d'émotions :

— Tu n'as pas le droit de mourir, tu m'entends ? Pas maintenant…

La supplique se brise dans un sanglot qui efface tout. Seules restent au creux du ventre de Lutxia la peine et la douleur de ce son qui palpite, l'arrache à la forêt, la tire vers la vie.

… biiip… biip… biip…

Elle atterrit dans son lit, une voix mesurée et douce se mêle aux sons rauques de l'autre. Bercée, Lutxia entend sans écouter. La voix délicate n'est qu'un murmure :

— Quand même, tu aurais pu tenter quelque chose, revenir au bout d'un moment…

— Tu connais Pierre…

Un long silence. Puis la voix rauque à nouveau :

— C'était le bon temps, hein ? On était bien tous les trois…

— Tu sais bien que ça ne pouvait plus durer, dit la voix douce, raffermie.

— Et… Tu lui as dit ? Enfin, il a su, pour…

— Je… je ne crois pas. Je me suis toujours demandé, vu sa réaction, si… En tout cas, il n'a jamais rien dit.

Un long silence suit.

— Tu me manques parfois, ça me fauche…

Une plainte bouche fermée, humaine à en crever, répond dans le lointain.

Lutxia, apaisée par les sons autant que par cette conversation que sa demi-conscience a visitée comme on s'immerge dans de l'eau chaude, dérive ailleurs. En elle, un nœud s'est défait. Un de ceux qui l'habitaient à l'insu de sa raison, nourrissant ses révoltes sans qu'elle puisse le nommer. Maintenant, les choses sont à leur place. Ce nœud n'est pas le sien. Elle flotte, se sent bien.

Les infirmières l'ont redressée sur ses oreillers et, durant ses phases d'éveil, Lutxia commence à parler. Les médicaments rendent son discours incohérent. Pourtant, une sincérité sans filtre emporte ses interlocuteurs qui rient, pris de court.

À son chevet, Martine et Catherine se relayent : sa tante arrive tôt le matin et est remplacée vers midi par sa mère qui reste avec elle jusqu'au soir. Même son père est venu un jour, puis il est reparti.

— Tu comprends, ma chérie, son travail…

De Micka, aucune trace. Quand Lutxia demande s'il vit encore, Catherine lui explique dans un rire :

— Bien sûr qu'il vit encore ! (Puis, sérieuse :) Enfin, il a intérêt… Il est parti faire du *woofing* en Nouvelle-Zélande avec Joe, Nono et Raphaël. La semaine dernière en tout cas, il allait bien !

— Ah… Du *woofing*, ça veut dire qu'il apprend à hurler comme un loup ? C'est ça ?

Catherine éclate de rire.

— Mais non ! Ça veut dire qu'il loge et mange dans une ferme en échange de quelques coups de main.

— Micka travaille dans une ferme ?

Les yeux de Lutxia se sont arrondis comme des billes.

— Il faut croire que oui ! L'idée est rigolote pour moi aussi…

Enfin, rigolote et déchirante, pense-t-elle. Elle voudrait le voir, elle voudrait qu'il soit là, elle voudrait au moins qu'il l'appelle plus souvent.

— Et Marie-Lou, elle est dans une ferme aussi ? Pourquoi elle ne vient pas ?

— Marie-Lou est venue, dès qu'on a su ! Elle est restée toute une semaine ici, avec toi. Ensuite, elle a dû repartir… Elle me téléphone régulièrement pour avoir de tes nouvelles, tu sais ?

— Ah… J'aimerais mieux qu'elle soit là, moi…

— Je m'en doute, ma chérie. Mais avec son travail, ce n'est pas possible… Son diplôme de l'institut notarial est dans moins de trois mois maintenant !

En disant cela, Catherine s'est redressée et la pointe de fierté dans sa voix n'a pas échappé à Lutxia.

— Les études, c'est l'avenir, hein ? lance-t-elle en singeant son père.

— Ça dépend, ma chérie, ça dépend…

— Ah bon ? Et ça dépend de quoi ?

À nouveau, les yeux ronds comme des billes de sa fille font sourire Catherine.

— Eh bien, de ce qu'on choisit… Beaucoup de choses sont une question de choix dans la vie. Et toi, je ne suis pas sûre que tu l'aies déjà fait, ton choix… C'est le plus dur, de ne pas savoir.

— Mais moi je sais, maman ! Je sais !

— Ah bon ?

— Ben oui ! Moi, je choisis les écureuils. Ils ont une si jolie couleur ! Comme toi… Et ils sont tellement tranquilles… Tu sais, je vais vivre avec eux dans leur cabane. Là-bas, je suis bien.

Catherine éclate de rire. *Ils ont dû forcer sur la dose de médicaments !* pense-t-elle. Malgré tout, quelque chose dans l'enthousiasme de sa fille la touche. Clouée dans ce lit d'hôpital, elle a un je-ne-sais-quoi de fragile qui la rend vulnérable, accessible, enfin.

— Les écureuils ? Quelle drôle d'idée !

— Je t'assure, maman, ils ont une cabane loiiiiiin dans la forêt, à un endroit où personne ne va. Comme ça, ils sont tranquilles. Il y en a qui ont construit leur nid à l'intérieur : on dirait des tas de feuilles et de branches, mais ils habitent dedans ! Et même, dans l'un des nids, il y a des petits ! Ils sont trop mignons, ils veulent tout le temps sortir et leur mère doit les surveiller sans arrêt. À mon avis, ils vont bientôt partir dans la forêt tout seuls, elle ne pourra plus les retenir…

— Comme vous, souffle Catherine, songeuse. Comme vous, mes enfants…

— Tu sais, au début, quand je me réveillais, je croyais que tu étais un écureuil…

Souriant à sa fille, que cette conversation a épuisée, Catherine lui prend la main jusqu'à ce qu'elle s'endorme. Elle se lève ensuite et s'approche de la fenêtre. Tout à ses pensées, elle regarde sans la voir la couronne du grand arbre sur le parking de l'hôpital, dont les branches noires ne laissent encore rien paraître des bourgeons à venir. Ses yeux se perdent dans les montagnes des Vosges au loin, dont les sommets sont couverts de larges plaques de neige. Ils ont l'air austères et froids… Elle aurait aimé pourtant s'y transporter, les visiter, les parcourir, apprendre à les connaître pour faire sienne un peu de l'étrange vie de Martine. Son téléphone vibre dans sa poche. Elle se secoue et jette un œil à l'écran : c'est Marie-Lou.

— Oui, chuchote-t-elle dans le combiné, elle dort…

En sortant de la chambre, elle continue sa conversation :

— Elle va mieux, oui… Oui, elle est consciente ! Bon, elle est un peu confuse, ce doit être les médicaments. Figure-toi que, tout à l'heure, elle m'a parlé d'écureuils avec un enthousiasme incroyable !… Si, si, et de leur cabane, assure-t-elle, accompagnée d'un petit rire flûté. Ah bon ? Eh bien, elle m'a dit que ce qu'elle voulait, elle, c'était vivre avec les écureuils qui ont une cabane…

La porte se referme derrière Catherine et ses mots se perdent dans le couloir.

Au fil des jours, des semaines, Lutxia s'assombrit. Les médicaments la laissent sur le carreau, nue face à la réalité qui se réinstalle autour d'elle comme si elle n'avait jamais quitté Strasbourg. La proximité de ses parents la tire en arrière, vers l'adolescente torturée qu'elle croyait avoir calmée à coups de philosophie, de romans et de balades par tous les temps. Elle leur en veut de ce sentiment d'empêchement qu'elle ressent en leur présence. D'autant plus qu'ils sont charmants, ne lui posent aucune question, ne lui mettent aucune pression. Rien qu'elle puisse leur reprocher. Elle aimerait faire des choix, prendre une direction, avancer mais ne voit nulle part d'option envisageable. Alors elle refuse le monde qu'ils lui ont laissé. Leur sollicitude. Leur envie de bien faire. Tout. Comme elle a refusé sa grossesse, il y a une éternité.

Elle peine à répondre à Micka qui l'éclabousse par téléphone de paysages néo-zélandais, d'océan à perte de vue, de montagnes qu'elle ne connaît pas et de nouveaux amis.

« Regarde comme c'est beau, ici ! J'en reviens pas. Bon, il y a du vent tout le temps, ça décoiffe ! » Photo de lui et d'un rouquin boutonneux tout sourire et cheveux emmêlés dans un champ de lupins violets. Derrière, un lac immense. Douceur sauvage. Énergie pure.

« Et là, c'est mes potes. Les nouveaux, ceux du camping. Ils sont trop cools ! » Image d'un feu de camp quelque part sur une grève ou une plage, dans la nuit mauve. Une guitare, des rires, des bières et des chants. Elle peut presque les entendre.

« J'ai nagé avec les dauphins ! Tu ne peux pas imaginer ce que ça fait. Ils étaient tout autour de moi à jouer, sauter, me frôler… J'espère qu'ils seront de nouveau là demain. » Selfie de lui en combinaison de plongée, noir de soleil.

Son frère s'envole tandis qu'elle reste clouée là, dans un lit d'hôpital. Prisonnière de son corps sans ailes.

Seule Martine, qui vient encore tous les deux ou trois jours, tôt le matin, l'apaise. Elle ouvre un livre et lit, présence tranquille assise sur le fauteuil quand Lutxia se réveille. Elles échangent un regard, un sourire, et Martine replonge dans sa lecture. La jeune femme explore la pile de bouquins que lui a apportée sa tante, avant d'en choisir un et de s'absorber elle aussi dans un monde de fiction.

Elle lui a demandé des romans, beaucoup de romans. Ils sont redevenus sa bouffée d'oxygène, son échappatoire. Comme en haut, dans le silence de la montagne. Son seul moyen de ne pas se laisser écraser par la pression grise du réel trop présent, des douleurs qui se réveillent dans tout son corps et de sa mère qui, chaque jour, trimbale jusqu'à l'hôpital son envie débordante de prendre soin de sa fille.

Une fois, pourtant, elle tarde à venir, retenue par un problème quelconque et Lutxia se surprend à l'attendre. Elle est même au bord de se sentir abandonnée de tous quand Catherine pousse enfin la porte de sa chambre et, instantanément, Lutxia s'en veut d'avoir ressenti cet élan. En une seconde, elle s'est refermée, saisissant un roman sur sa table de chevet et se plongeant dedans après un laconique :

— 'Jour, m'man !

En elle, c'est la lutte. En réalité, elle souhaite autant qu'ils rentrent tous chez eux, lui fichent la paix, que de les voir défoncer sa porte blindée sans lui laisser d'autre choix que de les rejoindre. *Il n'y a que Martine qui n'attend rien de moi.* Cette pensée, pour le moment, apaise Lutxia.

Pour ce qui est de la cabane aux écureuils, elle l'enferme à double tour en elle avec le combat perdu sur le ring. Avec la souris grise dont elle a renoncé à regarder la photo, morte dans ce même hôpital, onze mois plus tôt. Qui comprendrait, de toute manière ?

Plus le temps passe, et plus les images des petits corps roux dans la cabane sont floues. Jusqu'à ce qu'il ne reste plus à Lutxia que la mémoire de cette sensation de paix et de joie qu'elle avait ressentie parmi eux, douce torture qui fait couler ses yeux, la nuit.

Quelques jours plus tard, la porte de la chambre s'ouvre à l'heure de la visite de sa mère. Lutxia lance l'habituel « 'Jour, m'man ! », sans lever les yeux de son livre.

Une voix grave lui répond :

— Bonjour, Lutxia !

Saisie, elle laisse tomber son roman : ce n'est pas sa mère, mais Pierre, son père, qui se tient devant elle !

— Oh ! Bonjour, papa… Elle est où, m'man ?

— Elle est allée chercher les garçons à l'aéroport. Micka rentre à la maison aujourd'hui.

Ah, oui, elle avait oublié. Catherine le lui avait pourtant dit la veille, l'avant-veille, le jour d'avant et ceux qui avaient précédé.

Pierre retire sa veste, qu'il pose au pied du lit avant de s'asseoir dans le fauteuil. Il a l'air fatigué, ses épaules sont voûtées et les rides au coin de ses yeux plus nombreuses. Ses cheveux, auparavant d'un brun sombre sans défaillance, sont maintenant poivre et sel, adoucissant son visage dont le regard chocolat observe sa fille. Elle se rend compte à cet instant que son père, ce roc inamovible, a sa fragilité. Il a dû traverser bien des choses lui aussi pour changer à ce point en quelques mois seulement.

— Comment vas-tu, ma fille ?

— Bien, je crois. J'ai un peu mal partout, mais le docteur dit que ça va passer. Il dit que j'ai eu de la chance…

La pointe d'ironie dans la voix de Lutxia n'échappe pas à Pierre.

— Nous aussi, on a eu de la chance, lâche-t-il en détournant le regard.

Elle ne l'avait pas vu comme ça… Dans le silence qui s'installe, Lutxia sent les larmes monter. *Nooooon, pas maintenant, pas devant lui !* supplie-t-elle intérieurement. Mais déjà ses yeux débordent. Son père la fixe sans un geste. Avec les larmes, il n'a jamais su faire.

— Tu peux me parler, si tu veux…

Elle hésite un moment, puis se lance :

— Papa, je suis désolée… Je n'y arriverai pas.

Les épaules de Lutxia sont secouées de sanglots. Attentif, Pierre ne dit rien. Il lui fait penser à Martine à cet instant.

— J'ai vraiment essayé, tu sais… Je ne serai pas archéologue. Je n'aurai pas un bon métier. Je ne serai pas comme toi ou Marie-Lou. Et pourtant… c'est hors de question que je reste à la maison pour faire la popote à tout le monde, moi ! C'est pas mon truc. En vrai, je n'ai aucune idée de ce que je pourrais faire. Je voudrais juste être heureuse, tu comprends ? Mais j'y arrive pas…

Son père garde le silence pendant qu'elle se mouche, puis encore un long moment après ça, avant de se mettre à parler d'une voix lointaine.

— Un jour, quand j'étais petit, mon père nous a emmenés faire un tour en ville. Sur la haute façade de verre d'un immeuble, il y avait un homme, suspendu au bout d'une corde. « C'est le laveur de carreaux ! » m'a dit mon père, avant de continuer à marcher. Mais je ne le suivais plus. J'étais resté fasciné par cet homme-araignée qui nettoyait la surface éblouissante de lumière. En moi, c'était une évidence : je voulais être laveur de carreaux. Me promener au bout d'une corde le long de ces parois impeccablement lisses pour en parfaire la transparence avec une raclette, de l'eau et du savon. Passer mes journées dans le ciel. Je ne voyais que ça, gamin : le verre, le vent et le soleil.

Lutxia sourit. Jamais auparavant son père n'avait évoqué son enfance en sa présence. L'intimité qui se tisse au fur et à mesure qu'il parle la détend. Il poursuit :

— Au moment de commencer mes études, j'ai choisi l'école des officiers. Je n'avais pas à réfléchir. En réalité, je n'avais pas le choix : c'était ce que voulait mon père, et à ce moment-là, c'est tout ce qui comptait.

Un long silence s'installe dans la chambre, avant qu'il ne prenne à nouveau la parole, d'une voix très basse :

— J'y pense encore, parfois, à cet homme sur sa paroi de verre…

C'est Lutxia, apaisée, qui regarde maintenant son père avec attention. Au bout d'un long moment, elle risque une question :

— Est-ce que… est-ce que tu regrettes ?

Pierre a un sourire triste.

— C'est difficile à dire… Depuis, il y a eu ta mère, et puis il y a eu vous… C'est ça qui compte, aujourd'hui.

Au bout d'un temps infini, que chacun a passé dans ses pensées, Pierre se racle la gorge.

— Il va falloir que je rentre. Mais d'abord, j'ai quelque chose pour toi.

Il sort de sa poche une enveloppe qu'il dépose sur la table de chevet en précisant :

— C'est de la part de ta sœur.

— Merci, souffle-t-elle tandis qu'il se relève, récupère sa veste et l'enfile.

— Bonne journée, Lutxia, dit-il en se dirigeant vers la porte.

— Bonne journée, papa.

Mais au lieu de refermer la porte derrière lui, il semble hésiter, le nez encore dans l'embrasure.

— Lutxia... Je ne suis pas très doué pour ça... mais... tu ne me déçois pas... quoi que tu fasses...

Il ferme rapidement la porte. Ses pas s'évanouissent dans le couloir. S'il n'y avait pas la lettre, juste là, sur la table de chevet, elle croirait avoir rêvé.

Au réveil, elle est seule. Plus personne ne viendra aujourd'hui : l'heure de Martine est passée depuis belle lurette et sa mère doit être collée à Micka. Ils viendront demain. En attendant, la soirée à venir semble s'étirer à l'infini et elle a un moment de panique devant cette forme d'éternité, quand elle voit sur la table de chevet la lettre de sa sœur.

Elle la prend dans ses mains sans l'ouvrir tout de suite. Elle pense à Marie-Lou, sa confidente des bons et des mauvais jours, qui a glissé dans l'ombre de leur père et se comporte en fille parfaite. Elle fait les études qu'il faut, elle. Et toute la famille en est fière... Elle en veut à sa sœur de n'être pas ici, avec elle. D'être tout ce qu'elle, Lutxia, ne sera jamais... Ou peut-être est-ce parce qu'elle la porte si bien, cette perfection, que Lutxia peut s'échapper du moule avec la bénédiction de leur père ? Pensée nouvelle qui, d'un coup, l'allège. Comment a-t-elle pu ne pas le voir avant ? Comment a-t-elle pu laisser tomber sa sœur, elle aussi, en ne répondant pas aux quelques SMS que cette dernière lui a envoyés depuis qu'elle s'est réveillée à l'hôpital ? Les mains tremblantes, elle déchire l'enveloppe et déplie une feuille pleine sur les deux côtés de l'écriture de Marie-Lou :

Ma Loulou,

Je suis désolée de ne pas pouvoir venir te voir en ce moment. Je comprends que tu m'en veuilles… Mais… les examens approchent et il y a beaucoup de travail… Même les week-ends, je ne fais plus ce que je veux !

J'espère que tu vas bien, ou au moins pas trop mal, et que tu seras bientôt de nouveau sur pied.

Maman m'a parlé l'autre jour d'une histoire invraisemblable que tu lui aurais racontée quand tu étais encore dans les vapes. Elle m'a fait part de ton enthousiasme et m'a confié que le sourire sur ton visage était de ceux qu'on ne t'a pas vue porter depuis bien des années… Ça l'a touchée, tu sais ?

Pour ma part, je n'ai pas voulu croire qu'il s'agissait juste des médicaments. Je te connais, ma Loulou, et je sais que cette étincelle, chez toi, est signe de quelque chose qui te tient à cœur.

Les yeux de Lutxia s'embuent, elle doit interrompre sa lecture pour les essuyer du dos de la main avant de reprendre :

Du coup, je n'ai pas pu m'empêcher de faire quelques petites recherches.

Est-ce que tu as entendu parler de la LRASMN ? C'est le sigle (barbare, j'en conviens !) de « Ligue pour la réintroduction des animaux sauvages dans leur milieu naturel », une association qui a pour but de prendre soin des animaux sauvages qui en ont besoin et de les réintroduire ensuite dans la nature. Ils sont basés à Fréland.

Il se trouve que je leur ai passé un petit coup de fil pour savoir s'ils s'occupent des écureuils et ce qu'ils en font une fois soignés. Tiens-toi bien, ils m'ont parlé d'une caravane, dans les forêts au-dessus du hameau, donc pas très loin de là où tu étais, qui leur sert de lieu de réintroduction ! Les écureuils y sont relâchés parmi leurs semblables. Certains y vivent ensuite, d'autres y viennent quelque temps puis disparaissent dans les bois. C'est dingue, non ? Ta caravane existe !

J'espère que c'est une bonne nouvelle et que ça te donnera envie de guérir vite pour revenir à la maison. J'espère que d'ici là, je pourrai libérer un peu de temps pour qu'on puisse se voir, rien que toutes les deux, comme avant…

Ta Marie-Lou

Délivrée de son poids, Lutxia erre dans un rêve de désert peuplé des sons mécaniques de l'hôpital que brisent trois coups rapides frappés à sa porte. Puis, c'est la tornade :

— Ma Loulou ! Oh merde, la tête ! Tu dormais ? Ça va ? T'as mal ? J'pensais pas que tu avais encore le plâtre… Tu me dis rien, aussi !

Cheveux roux et regards de velours, Catherine arrive, referme la porte sans bruit et glousse, ravie :

— Doucement, Micka… fais doucement avec ta sœur !

— Ça va, m'man, t'inquiète !

Lutxia se redresse sur ses oreillers et observe, les yeux grand ouverts, ce frère qui n'est plus tout à fait le même. Un homme. Voilà ce qui lui vient. Son frère est un homme. Un je-ne-sais-quoi dans l'air autour de lui, une densité nouvelle de ses os, peut-être, son bronzage, ses cheveux impeccables…

— Tu aimes ? minaude-t-il en passant une main dans sa tignasse miraculeusement disciplinée. C'est maman ! Elle m'a emmené directement de l'aéroport chez le coiffeur, hier.

Catherine éclate de rire.

— Les enfants, je vous laisse un moment. Je vais voir les infirmières, d'accord ?

Tous deux attendent qu'elle ait refermé la porte pour se tourner l'un vers l'autre. Un ange passe. Une gêne, presque. Micka s'assied au pied du lit.

— Comment ça, va, toi ? En vrai ?

— Bah, en vrai… (les yeux de Lutxia s'évadent par la fenêtre…) en vrai c'est pas top. Je ne sais toujours pas quoi faire… je veux dire, dans deux semaines. Quand je sortirai. Du coup, c'est pas évident pour moi, entre Marie-Lou qui réussit tout et toi qui t'éclates… J'me sens nulle, t'imagines pas.

— Toi ? La boxeuse ? La guerrière ? T'es montée sur un ring, j'te rappelle !

Lutxia sourit dans le vague. Se relever, disait le coach. Il ne s'agit pas de ne pas tomber, mais de toujours se relever. Il lui manque, soudain. Sa volonté de fer, ses cris – *Sors ! Sors ! Mais SORS DE LÀ !* –, son sourire de loup… Elle aurait dû lui donner des nouvelles. Répondre à son message, au moins, avant de grimper dans la montagne qui l'a avalée. C'est trop tard maintenant. Que lui diraitelle, de toute manière ? Qu'elle est à l'hôpital, qu'elle ne reviendra pas s'entraîner ? Il le sait. Il le lui a tant de fois répété : la boxe, c'est tout, ou rien. Soit tu t'investis en entier, soit tu te blesses. Et tu t'en vas. *Il a raison, il faut que je me sorte de là*, pense-t-elle lorsque Micka reprend :

— Tu sais ce que je me suis dit après avoir nagé dans la mer le jour où j'ai rencontré les dauphins ? (Sans attendre de réponse, il poursuit :) Je me suis dit qu'une telle expérience pouvait faire des miracles. Des vrais. C'est un coup à vouloir vivre à fond, profiter de cette chance chaque heure de chaque punaise de jour !

Peut-être que si tu te cherchais quelque chose avec des animaux, sauvages de préférence… non ?

Lutxia le regarde fixement.

— Vous vous êtes parlé, avec Marie-Lou, ou quoi ?

— Pas vraiment… Tu sais comment elle est, entre ses exams et son Vincent…

Il lève les yeux au ciel et Lutxia rit, enfin.

— Eh bien figure-toi qu'elle a trouvé le temps de dénicher l'existence de la « Ligue pour la réintroduction des animaux sauvages dans leur milieu naturel ». C'est pas loin d'ici, apparemment. Je pensais peut-être aller y jeter un coup d'œil, après… (d'un signe de tête elle désigne l'ensemble de sa chambre.) Histoire de ne pas tourner en rond chez les parents…

— Eh bien, tu vois ? Ça, c'est un projet ! D'autant plus que je serai reparti quand tu sortiras…

Il fait une grimace qui dit « je suis désolé, incorrigible, mais désolé ».

— Avec Joe, on va chez Karl, un Autrichien rencontré au camping la semaine dernière. C'est fou, c'était il y a quelques jours à peine et ça semble déjà à des années-lumière…

— Eh… toujours pas de Mme Micka ? Moi qui pensais que forcément…

Elle s'interrompt tandis que Micka se lève pour se diriger vers la fenêtre. Absent soudain, il se perd des yeux au-dehors, loin. Serait-il possible que… ? Pour la seconde fois, Lutxia rit sans retenue.

— Je vois. Et comment s'appelle-t-elle ?

— Sophie, souffle-t-il au printemps timide de l'autre côté de la vitre. Elle s'appelle Sophie…

Sur le pas de la porte de l'hôpital, éblouie par le soleil exubérant de cette journée de printemps, Lutxia chancelle sur ses jambes en coton. Un instant elle se croit revenue à son avortement… et atterrit au présent. Elle n'est pas seule, cette fois-ci : Martine la tient par le bras, solide comme un roc avec ses yeux tristes, ses longs cheveux gris et son éternel pull en laine. À sa gauche, Catherine, élégante dans son chemisier de soie crème et son jean moulant noir, porte sa petite valise, un sourire triomphant sous sa tignasse rousse plus flamboyante que jamais. *Ma maman écureuil*, pense Lutxia. *Elle est là, ce coup-ci. Elle est là.*

Le grand arbre que la jeune femme apercevait depuis sa chambre a maintenant de belles feuilles vert clair qui bruissent dans le vent. Les oiseaux, bien à l'abri dans cette boule chuchotante, s'en donnent à cœur joie. Lutxia, qui lève la tête vers la rangée de fenêtres, en haut du bâtiment, a un pincement au cœur : instinctivement elle sent qu'elle laisse derrière elle bien plus qu'une période de convalescence. Elle quitte un continent : celui de l'enfance.

— La voiture est juste là, précise Catherine après avoir fait la bise à Martine. Elle avance vers la Mercedes noire garée devant la porte pour en ouvrir le coffre et y glisse la valise, puis elle s'engouffre sur le siège conducteur en disant : je t'attends dans la voiture, Loulou ! Prends ton temps.

Lutxia se tourne vers sa tante qui la regarde, apparemment imperturbable. Déroutée, la jeune femme danse d'un pied sur l'autre. Elle murmure :

— Merci pour tout, Martine… Merci beaucoup.

Sa tante lui sourit. Gênée de sentir monter les larmes, Lutxia l'entoure maladroitement de ses bras. Martine met un instant avant de refermer les siens sur sa nièce et lui souffle à l'oreille, de sa voix rocailleuse :

— Tu reviendras, hein ?

Lutxia se détacha d'elle, essuyant ses yeux.

— Bien sûr que je reviendrai ! Tu vas me manquer…

Martine sourit à nouveau et Lutxia s'éloigne en direction de la voiture, dans laquelle elle s'installe. Claque la portière. Catherine démarre. Elles partent.

Lutxia se sent heurtée par le visage tranquille de Martine au moment des au revoir. Par son sourire, même. Elle ne peut pas deviner que sa tante sanglotera longtemps dans sa voiture, avant de rentrer dans la montagne, seule.

Il est des êtres qui ne savent plus partager leurs émotions. Enfermée à double tour, la souffrance reste audedans. L'amour aussi, souvent. *Est-ce pour ça qu'elle n'a pas eu d'enfant ?* se demande Lutxia devenue femme.

Lutxia s'élance vers la forêt comme on pousse un cri. L'espace d'un instant, elle a vingt ans à nouveau. Voudrait boxer le vide de l'air, elle l'a tant fait, à l'époque. La rage et la tristesse lui nouent le ventre. Elle se met en position, les poings devant le visage mais secoue la tête : Non. Ses bras retombent. À bientôt cinquante ans, elle n'est plus la même. Elle a un mari, maintenant. Un métier. Elle n'en veut plus au monde entier. Mais à Martine. Seulement à Martine.

Elle s'enfonce entre les arbres qui l'accueillent en chuchotant. Le vert pâle des jeunes feuilles contraste avec celui, bleuté, des sapins. Le chant des oiseaux se calme dans la brise du soir, laissant de longs intervalles paisibles entre chaque roucoulade. Lutxia boit cette sérénité qui pénètre en elle, ramenant à la vie chacune de ses cellules jusqu'à dénouer sa gorge. Un cri s'en échappe, rauque, cassé par un sanglot. Enfin, les larmes coulent. Il y a des mois qu'elle les attend. C'est bien vrai alors, Martine est morte…

Dans ses tripes, Lutxia le pressentait depuis que sa tante avait été portée disparue cet hiver. Affolée, elle avait arpenté les alentours malgré l'épais manteau blanc dans l'espoir vain de l'apercevoir, surgissant de derrière un sapin, comme si de rien n'était. « Ouf ! » aurait-elle dit. Et l'autre aurait ri.

Dans sa tête, Lutxia le savait depuis que, à la fonte des neiges, le nouveau garde forestier avait retrouvé la dépouille de Martine, allongée sur une couverture au bord du torrent, trop abîmée pour que la famille la voie dans cet état.

Une petite voix en elle, réfractaire à toute logique, têtue comme une pousse d'herbe soulevant le bitume, lui glissait à l'oreille que, jusqu'à preuve du contraire, cette femme pleine de vie devait bien se trouver quelque part ! Impossible de ne pas céder à l'espoir douloureux qui envahissait ses journées autant que ses nuits, faisant fuir le sommeil et, avec lui, toute rationalité.

Son cœur, en revanche, n'avait compris la mort de Martine que dans la chapelle d'Orbey, tout à l'heure. Quelques membres de sa famille avaient assisté à une courte cérémonie au cours de laquelle un gouffre s'était ouvert en elle, ou juste à côté, monstre de vide avec lequel il lui faudrait vivre désormais. Les yeux secs et la poitrine broyée, elle avait regardé autour d'elle.

Sa mère, Catherine, lui avait semblé frêle pour la première fois, soutenue par Pierre qui n'avait rien perdu de sa prestance malgré ses cheveux d'un blanc de neige et son dos voûté. Lutxia pouvait apercevoir au travers de leurs corps, fragiles dentelles que le temps grignotait, la brièveté de la vie. *Un jour, bientôt, trop vite, ce sera mon tour*, pensa-t-elle, prenant pleinement conscience qu'on ne vit qu'une fois. Une seule. Pas de brouillons, pas d'essais. À peine s'en est-on rendu compte que déjà, c'est presque terminé.

Micka était là aussi, avec Jeanne et Malo, ses deux enfants. Sa femme, Sophie, n'avait pas pu se libérer, tout comme Marie-Lou qui avait son propre office notarial et courait après le temps. Vincent n'avait pas cru bon de venir et leur cadette non plus. Seule l'aînée, Joanna, aurait aimé être présente, mais son billet retour de l'Australie ne la ramènerait en Alsace que le lendemain. Elle avait demandé à passer la semaine à la marcairerie. « Pour réfléchir », avait-elle expliqué à sa tante et marraine, Lutxia.

La marcairerie… Ce lieu, qui depuis ses vingt ans a accueilli Lutxia chaque fois que son métier de romancière avait essoré jusqu'à la moelle de ses os pour de longues balades à la recherche d'elle-même, lui appartient désormais. Sensation étrange de se couler dans la peau de Martine… Pourquoi avoir accepté que cette dernière reste au bord de sa vie, présence silencieuse dont elle ignorait tout ? Elle regrette aujourd'hui de n'avoir pas cherché à parler avec elle, à échanger davantage. Il est trop tard, hélas, pour remplir les trous à jamais béants qui lui pèsent autant que l'absence de sa tante.

Un renard traverse le chemin quelques mètres plus loin, tirant Lutxia de ses sombres pensées. À travers ses larmes, elle sourit à la forêt qui lui dit de son clin d'œil roux : « Ça va aller. La vie continue autour de toi. »

Dans le soir tombant, elle rentre à la marcairerie. Sa peine se déploie dans son dos comme d'immenses ailes, magnifiques, inutiles. Elle ne va rien ranger. Rien trier non plus. Uniquement allumer un feu et se préparer une soupe, qu'elle dégustera sur le canapé avec son cher fantôme à la crinière blanche. Ce soir, la seule compagnie qu'elle se souhaite est celle de ses souvenirs. Le reste du monde peut continuer sans elle.

Assise sur le canapé, maintenant défoncé, Lutxia écoute les craquements du feu, son assiette de soupe fumante sur les genoux. Son regard est tourné vers l'intérieur, vers les souvenirs, vers cette femme qui a eu tant d'importance pour elle et que, pourtant, elle connaissait si peu.

Elle se revoit, au retour d'une balade, poser son ordinateur sur la table dehors. Combien de fois était-ce arrivé ? Des dizaines, des centaines peut-être… Martine l'y rejoignait avec deux tasses fumantes. Elles observaient ensemble le monde suspendu qui retenait son souffle quelques instants ou quelques heures, s'émerveillant d'exister.

Tic, tictic,
Un mot apparaissait à l'écran.
Tic, tictic, tic,
Un autre, timide.
Elle levait le nez.
Non, effacer.
Une gorgée de tisane.
Tictictic, tic, tictic,
Et celui-ci ?

Tic, tictic,
Oui…
Tictic, tic, tic, tic,
Un autre, encore,
Puis toute une phrase,
Tic, tictic, tic,
La musique naissait.
La femme s'effaçait.
Tic, ticctic, tic, tic,
Le texte se déployait.

Lutxia plongeait alors dans le bain des mots dont elle extrayait une ambiance, un début d'histoire, un éclat d'elle-même avec lequel elle rentrait chez elle, le soir. Elle savait qu'elle pourrait écrire les jours et les semaines suivantes. Que le fil délicat qui la reliait à sa créativité, et à elle-même, tenait bon.

Comment avait-elle pu pianoter sur son clavier toutes ces années, assise à côté de Martine, sans soupçonner que cette dernière écrivait aussi ? Quelle surprise ça avait été à l'ouverture du testament, quand le notaire, cet étrange bonhomme à la voix de fausset, avait annoncé sans la regarder : « Lutxia Perrot-Lavoie est seule héritière de la marcairerie, ainsi que de tout ce qui a trait aux activités d'autrice de Lilie B. »

Estomaquée, elle n'avait pas pu attendre d'être rentrée chez elle pour contacter l'éditrice de sa tante et l'avait appelée là, sur le trottoir où elle marchait en somnambule, découvrant que depuis trente-cinq ans, Martine livrait une romance chaque année à cette maison d'édition régionale sous le pseudo de Lilie B. Si un lectorat fidèle s'était constitué, il avait été impossible de le développer, expliquait la voix fluette à l'autre bout du fil, car Lilie, enfin Martine, refusait toute visite, interview ou photo. Comment faire de la promotion dans de telles conditions ? Les droits d'autrice étaient donc restés maigres, mais constants. Au vu du peu de besoins de Martine, nul doute qu'ils avaient suffi à faire bouillir la marmite !

Martine, de la romance… Lutxia, les yeux ronds comme des billes, n'arrive pas à réaliser. Elle lira Lilie B., mais pas tout de suite, ne sachant que trop bien combien on met de soi dans une œuvre de fiction.

Quand elle porte enfin la cuiller à sa bouche, la soupe est tiède. Qu'importe, elle est ailleurs. Autour d'elle, rien n'a changé depuis sa première visite : des piles de livres dans tous les coins, quelques tasses, un crâne ici et là et les bouquets d'aromates suspendus tête en bas créent le fouillis habituel. Davantage de poussière, certes… et l'absence. Quelque chose dans le silence, pourtant habité des craquements du feu, rappelle douloureusement à Lutxia que sa tante n'est pas à la cuisine. Qu'elle ne va pas apparaître derrière la cloison avec une bouteille de tord-boyaux pour y noyer sa peine. Qu'elle ne va pas se lever, taper contre sa cuisse et sortir avec Patou. Lui, il y a bien des années qu'il manque à cet espace… Martine n'a jamais pu se résoudre à le remplacer.

Dans sa rapide inspection de la cuisine et du cellier tout à l'heure, Lutxia a constaté que tout est en ordre sous la couche de poussière : dans le garde-manger, il n'y a que quelques conserves de soupe et une cagette de pommes ridées. Comme si Martine avait prévu de partir…

Il en va de même pour ses affaires. Elle avait fait sur son lit un petit tas de ses vêtements : un pantalon, deux tee-shirts, un gros pull, une polaire en piteux état, trois paires de chaussettes de laine et trois culottes de coton. Presque rien… Seuls les livres envahissent l'espace qui semble leur appartenir, certains ouverts et retournés, d'autres empilés, et d'autres encore, installés verticalement, horizontalement et suivant toutes les diagonales imaginables sur les étagères.

Il y a aussi cette pile de carnets, posés près du lit de Martine. Des pages et des pages recouvertes de son écriture fine… Demain. Pour aujourd'hui, c'est trop. Ramollie par la chaleur du poêle, Lutxia se relève du canapé bas en gémissant pour rapporter son assiette à la cuisine. Les émotions du jour l'ont épuisée.

En s'allongeant dans le tas de coussins à l'étage, elle est surprise de le trouver aussi inconfortable, à mille lieues des souvenirs qu'elle en garde. En même temps, ils sont loin ses vingt ans ! Tout comme la jeune fille d'alors… Sa rage et son désespoir, ses contradictions et ses plaies béantes, son vide, son refus de la vie, ses hormones en délire et ses aspirations d'emprunt.

Elle est femme maintenant. À quarante-sept ans, ses cheveux sont courts et grisonnants, son physique toujours menu, même si sa taille commence à s'épaissir. Le corps d'ours de son mari, Benjamin, lui manque. Son mètre quatre-vingt-dix de tendresse est son port d'attache depuis vingt-six ans déjà. Depuis ce jour où il a rapporté un oisillon tombé du nid au refuge. Elle l'avait rabroué alors : « Il suffisait de ne pas le toucher ! Sa mère l'aurait récupéré. Maintenant, c'est fichu… » Puis, attendrie par ce grand bonhomme timide et désolé qui dansait d'un pied sur l'autre, elle s'était radoucie. Ils ne se sont plus quittés depuis…

Aux premières lueurs de l'aube, la nuit a recraché son corps perclus de douleurs sur le tas de coussins sur lequel elle a dormi, la rappelant cruellement au présent. Une tasse de café fumant entre les mains, Lutxia remonte et s'installe en gémissant sur le matelas de Martine. Son lit, désormais. Il faut qu'elle s'habitue.

Elle aspire une première gorgée du liquide odorant qui lui brûle la langue, puis regarde autour d'elle. Le dépouillement de la pièce, dont l'unique ornement est cette photo jaunie du jour de ses dix-huit ans, a quelque chose de reposant ; les mouvements de l'âme s'y déploient sans rencontrer d'obstacles.

Je ne vais rien accrocher, rien repeindre, rien bousculer pour ne pas effaroucher cette paix aussi accueillante qu'un vieux pull déformé. Juste remplacer cette paillasse par un vrai lit, avec sommier et literie ! soupire Lutxia en elle-même, se voyant déjà à la marcairerie quelque temps pour écrire, seule en compagnie de ses souvenirs… *Plus on avance dans la vie et plus il faut composer avec cette foule d'invisibles qui nous accompagne,* pense-t-elle en reportant son attention sur le tas de carnets à côté d'elle. Après une seconde d'hésitation, elle saisit le premier de la pile et l'installe sur ses genoux. Une gorgée de café, et elle pose sa tasse pour prendre entre ses mains l'objet à la couverture de carton usée, dont le velouté lui rappelle la peau d'une femme âgée. Avec un soupir elle l'ouvre, faisant défiler les pages où l'écriture serrée de Martine descend, un mot après l'autre. Son doigt effleure une ligne, sa paume caresse un paragraphe... C'est l'histoire de sa tante, mystérieuse et privée, qu'elle tient là, retardant le moment d'y plonger pour respecter quelques instants encore l'intimité de cette femme sauvage qu'elle a aimée sans la connaître tout à fait.

Elle tourne une feuille d'écriture aérée et tombe sur deux lignes posées au milieu de la page :

Je ne veux plus être seule.
Jamais.

En face, une page blanche tord le cœur de Lutxia. Elle revient en arrière, jusqu'à trouver une date : le *22/12*. Il y a quatre mois, Martine traçait ces lignes, les dernières. Était-elle installée sur son lit, ses deux oreillers calés dans le dos, dans la même position qu'elle ? Le temps, l'espace d'un instant, s'est replié sur lui-même pour superposer les moments à la manière de calques. Prise d'un vertige, elle promène une main sur son visage, soupire et entre dans la lecture comme on franchit la porte d'une église.

Mon Georges,
ton absence
est tout.

Dans le trou que tu laisses,
mon amour pour toi,
intact,
réel,
brûlant,
m'apparaît.

Enfin.

Aujourd'hui,
même mes regrets
sont vains.

Mon roc,
mon refuge,
ma force…
tu n'es plus.

Je n'ai aucune envie d'apprivoiser ce vide,
comme je l'ai fait de tous les autres.
Au contraire :
je veux qu'il me prenne
tout entière
et m'emporte.

Je ne veux plus être seule.
Jamais.

Lutxia pose le carnet et saisit sa tasse. L'intensité de l'orage que provoquent en elle ces quelques lignes lui confirme qu'elle va devoir y aller à petites doses. Tout avaler d'un coup serait violenter la mémoire de cette femme qui a, toute sa vie, cultivé la discrétion. Et se faire mal, par la même occasion, retournant contre elle-même cette lame que peuvent être les mots lorsqu'on ne leur laisse pas le temps qu'il faut. En s'essuyant les yeux, elle songe combien l'amour prend de place dans nos existences. Tellement de place qu'au bout du compte, il n'y a plus que lui. Comment se fait-il qu'on mette tant d'années à le comprendre ? Comment peut-on ne s'en soucier qu'après que tout le reste a envahi nos heures et épuisé nos énergies ? Elle aimerait plonger dans un ouvrage de Lilie B.

Elle pense à Benjamin. Lui aussi est taiseux, mais leurs silences sont pleins. Il fait bon savoir ce grand corps moelleux à la délicatesse d'éléphant à proximité, pense-t-elle. Et puis, elle adore les odeurs de bonheur qui hantent tous les lieux que son pâtissier de mari, amoureux des douceurs, fréquente. Ses gâteaux sont comme lui : réconfortants, chaleureux, simples et délicieux.

Que serait sa vie sans lui ? Lutxia peine à l'imaginer. Ils sont comme deux plantes qui se profitent l'une à l'autre dans un jardin oublié. Leurs orages sont rares et leurs déserts aussi, depuis ce jour où il a ramené l'oisillon. Elle le revoit se dandiner à la manière d'un gamin sage pris en faute pour la première fois… Est-ce à ce moment-là qu'elle a commencé à l'aimer ? Savoure-t-elle pleinement la douceur de ce lien ? *Dans le trou que tu laisses…* La vie n'attend pas.

Après avoir bu son café, Lutxia attrape sa tasse vide et le carnet qu'elle descend au rez-de-chaussée. Elle sort cueillir quelques pointes d'orties derrière la marcairerie pour se faire une tisane, qu'elle emporte avec le précieux livret sur la table dehors. Le soleil rougeoyant se lève sur l'horizon, réveillant le paysage. Les yeux mi-clos, elle lui offre son visage. Les courbatures de la nuit ont cédé au mouvement, laissant toute la place à ce vide nouveau qui lui laboure le cœur. Machinalement, sa main se pose sur le carnet. Elle le caresse du bout des doigts… Jusqu'à abandonner sa tasse et l'ouvrir au début. Après un long soupir, elle se remet à lire.

21/03

Je relis
la lettre de Catherine,
me plonge dans le tourbillon
de sa vie de famille.
En un sens, je l'envie :
toutes ces présences aimées
qui virevoltent,
appellent,
demandent…
Elle rêve à ma tranquillité
et j'envie son chahut.

Serais-je seulement en mesure de le vivre ?
Ou bien exploserais-je
du trop-plein
de bruit,
d'odeurs

et d'impressions
qui ne trouvent à me quitter
que drainés
par la forêt ?

Je ne sais plus comment
vivre avec d'autres,
être parmi eux sans
me sentir de trop.
Bancale.
Et pourtant ils me manquent.

Est-ce cela l'amour ?

Peut-être ne sais-je aimer que de loin,
comme j'aime Catherine,
et Lutxia, aussi
cette fille que je n'ai pas
eue.
Si mon ventre avait su…

Cette vie non vécue
m'accompagne toujours,
sans que je puisse savoir
si je la regrette
ou non.

Le monde tourne sans moi.
J'en fais partie à la manière d'un oiseau :
perchée sur une branche
de l'autre côté de la vitre.

Lutxia pose le carnet et pousse un long soupir. Ainsi, Martine avait été enceinte… Elles avaient tant en commun. Lutxia non plus n'avait pas eu d'enfants. Lorsque Benjamin lui avait annoncé qu'il était stérile, dans les premiers temps de leur relation, elle n'y avait pas accordé d'importance. Elle ne pensait qu'à sa carrière d'autrice qui débutait, à la surprise générale, sur les chapeaux de roue.

Plus tard, elle avait rendu les armes, trop facilement peut-être. Elle avait refusé la possibilité d'adopter, acceptant que la stérilité de son homme devienne celle de son couple. En un sens, elle était soulagée : son espace d'écriture et le tranquille équilibre de son ménage n'étaient pas menacés. Avait-elle été lâche d'autoriser la vie à ne pas l'envahir ? Une vague de nostalgie l'inonde. Benjamin aurait fait un père merveilleux. Ils auraient eu une fille, un gars ou les deux… un lien d'amour à ce monde qui bouge trop vite, trop fort, et qui la rejette déjà vers ses berges où les eaux sont plus calmes.

La douleur dans sa poitrine se réveille, la forçant à se mettre en mouvement. Une douleur vieille, qu'elle connaît par cœur. Une forme de regret… Elle rentre carnet et tasse avant de ressortir en direction de la forêt. Elle a besoin des arbres, de leurs troncs centenaires, du bruissement de leurs feuilles et de l'odeur des sapins.

En début d'après-midi, Lutxia rentre à la marcairerie après avoir déjeuné d'une soupe de légumes au Seestaedtla. Apaisée, elle monte à l'étage, souhaitant passer un moment encore avec sa marraine, avec elle-même aussi, avant que Benjamin n'arrive, puis Joanna en fin de journée. Elle entre dans la pièce aux livres et se balade entre les titres devenus familiers : *Les Grands Cerfs* de Claudie Hunzinger, *Le Très-Bas* de Christian

Bobin lui caressent la mémoire. *La Vraie Vie* d'Adeline Dieudonné, *La Montagne vivante* de Nan Shepherd, *La Panthère des neiges* de Sylvain Tesson… *La Généalogie de la morale* de Nietzsche la fait sourire. *Apeirogon* de Colum McCann, *Là où chantent les écrevisses* de Délia Owens… *Le Miracle Spinoza* de Frédéric Lenoir déclenche un pincement dans sa poitrine. Autant d'amis chers à son cœur qu'elle retrouve après les avoir portés en elle si longtemps.

Elle se rend dans la chambre de Martine. Il lui faudra changer les draps si elle veut y dormir ce soir. Joanna prendra le tas de coussins… Tandis qu'elle tourne et retourne les carnets de la pile, elle perçoit un bruit en bas. Elle sourit : Benjamin est arrivé. Avec sa délicatesse habituelle, il ne montera pas. Il sait qu'elle est là, qu'elle l'a entendu. Rien ne la presse.

Raffermie par la présence de son bonhomme de mari, elle saisit le calepin le plus ancien, portant l'inscription presque effacée de l'année à l'encre bleue.

26/06

Lutxia inspire un grand coup, et souffle. C'est la date de son arrivée à la marcairerie. Elle hésite à refermer le carnet, puis décide de lire quand même, se jetant dans le vide.

Je l'ai trouvée dans les bois ce matin,
endormie sur le sol.

Par-delà la surprise,
mon cœur a fait un bond :
elle m'est revenue !

ai-je pensé
avant de penser.

Elle avait l'air fatiguée.
Me cherchait-elle ?

Je l'ai laissée venir,
visiter,
terrifiée à l'idée
de l'effaroucher.

Quand je suis rentrée à la maison,
elle n'y était plus.
Toute la journée je l'ai attendue,
craignant qu'elle ne revienne pas
récupérer son matériel
retrouvé par Patou
derrière le rideau d'arbres.

Ses coups sur la porte
à la tombée du jour
ont fait bondir en moi
trac et mélancolie.

Elle était bien là,
comme un reflet de moi,
réminiscence du passé
venue d'une autre vie.
Elle portait elle aussi
cet éclat dans les yeux,
cette rage dans le ventre,
ce désespoir aussi.

Elle m'a parlé.
Heureusement,
elle sait encore parler.
En moi,
une digue a sauté.
Toute la douleur du monde
s'est déversée
dans mon ventre.

Elle aussi
était déchirée
par un enfant
qui ne naîtra
jamais.

Alors nous avons bu.
Beaucoup.

Je donnerais tout
pour lui éviter
la solitude
à venir.

Le carnet ouvert sur les genoux, les yeux de Lutxia se mouillent. Jusque dans le vide de leurs ventres, leurs deuils secrets de femmes se répondaient. Prise d'une impulsion soudaine, Lutxia attrape un stylo sans réfléchir, tourne une page blanche et regarde sa main écrire :

Mon ange,
Mon tout petit ange,

Partie pour ne pas revenir.
Va, envole-toi.
Je reste, moi.

Une odeur de gâteau au chocolat chatouille ses narines, enveloppante et chaude comme un châle en cachemire. Exactement ce dont elle a besoin. Elle pousse un grand soupir, se lève. Il est temps de rejoindre Benjamin, Joanna sera là dans une heure. Joanna…

REMERCIEMENTS

Merci à mon éditeur Vincent Brochard pour les (nombreux) messages commençant par « Pas de panique, Sylvie… » qui ont émaillé notre travail. Autant « Ne t'énerve pas » est une phrase qui m'a toujours énervée, autant « Pas de panique » de la part de Vincent a le don de m'apaiser. Allez y comprendre quelque chose !

Merci à toutes celles et ceux qui composent les éditions Calmann-Lévy. J'aimerais faire goûter les explosions de joie qui ont accompagné, de mon côté de l'écran, la signature de notre contrat.

Un merci tout spécial à l'homme qui supporte mes « entrées en écriture », les piles et rangées de livres qui se déplacent et se multiplient dans notre espace de vie. Et qui accepte ce temps, tout ce temps que je m'accorde pour vivre seule parmi les mots jusqu'à venir les partager avec vous.

Et enfin, un clin d'œil à mes amis du jeudi : je n'oublie ni les frites de Michel, ni les risottos de Gabrielle et moins encore les heures passées en votre compagnie qui me font la vie belle.

Photocomposition PCA, 44400 Rezé

Achevé d'imprimer en janvier 2024
par CPI BUSSIÈRE (18200 Saint-Amand-Montrond)
pour le compte des Éditions Calmann-Lévy
21, rue du Montparnasse, 75006 Paris

PAPIER CERTIFIÉ

CALMANN LÉVY s'engage
pour l'environnement en réduisant
l'empreinte carbone de ses livres.
Celle de cet exemplaire est de :
500 g éq. CO_2
Rendez-vous sur
www.calmann-levy-durable.fr

N° d'éditeur : 2514713/01
N° d'imprimeur : 2075707
Dépôt légal : janvier 2024
Imprimé en France.